Kristin Berger-Loewenstein

POSITIVES DENKEN

— DIE KRAFT DEINER GEDANKEN —

Wie Sie mit Hilfe positiver Psychologie, Achtsamkeit und den richtigen Glaubenssätzen Resilienz entwickeln und zu einer starken Persönlichkeit werden

Originale Erstauflage: September 2019

Druck / Auslieferung: Amazon oder eine Tochtergesellschaft

Coverbild: Andres Moncayo / Shutterstock

ISBN: 978-1695000186

LOEWENSTEIN
BÜCHER & MEDIEN

Loewenstein Bücher&Medien GmbH
Stresemannstraße 84
D-22769 Hamburg

INHALT

Vorwort

Haben Sie sich schon einmal gefragt, was erfolgreiche Menschen von der Allgemeinheit trennt? Warum schaffen es einige, ein erfolgreiches Unternehmen zu gründen oder mit ihren Ideen weltberühmt zu werden? Was machen diese Menschen anders, um es ganz nach oben zu schaffen?

Fragen Sie einige dieser Personen, so werden Sie immer dieselben Antworten erhalten: Nie aufhören zu träumen und große Visionen zu haben. Nie aufgeben, egal wie viele Rückschläge, Sie ertragen müssen und vor allem immer an sich selbst glauben, egal wie sehr die Menschen in Ihrem Umfeld an Ihnen zweifeln.

Viele erfolgreiche Menschen haben eines gemeinsam: Ihr positives Denken! Es gibt Momente, in denen diese Menschen kurz davor sind zu scheitern, ihre Ideen werden angezweifelt, sie werden kritisiert oder belächelt. Jedoch wissen sie mit diesen Niederlagen und Kritiken umzugehen oder sie zumindest gekonnt zu ignorieren, sodass es sie nicht von ihrem Weg zum Erfolg abbringt. Positives Denken ist ihr Schlüssel zum Erfolg.

Unser Alltag ist häufig geprägt von negativen Erlebnissen. Auch Sie haben sich mit Sicherheit schon einmal für einen Job beworben und eine Absage erhalten, obwohl gerade dieser Job Ihr „Traumjob“ gewesen wäre, richtig? Haben Sie sich danach gefragt, warum gerade Sie abgelehnt wurden, obwohl Ihre Fähigkeiten genau in das Jobprofil gepasst hätten? Oder vielleicht wurden Sie schon einmal von einem Partner verlassen und auch hier stellten Sie sich die Frage: „Warum gerade ich?“

Mit diesen und anderen Zurückweisungen und Misserfolgen hat jeder von uns zu kämpfen, manche sogar tagtäglich. Unser Alltag ist geprägt von Rückschlägen und dem Scheitern, welches uns immer wieder unser eigenes Können und unsere Fähigkeiten in Frage stellen lässt: „Bin ich gut genug? Schön genug? Schnell genug? Oder stark genug?" All das gehört genauso zu unserem Alltag wie all die positiven Erfolgserlebnisse, Rückhalte und Bestätigungen.

Jedoch haben negative Gedanken oft eine größere und langfristigere Wirkung als die positiven. Negative Erlebnisse und Rückschläge verstärken oft Selbstzweifel oder innere Blockaden, die Sie davon abhalten, an sich selbst zu glauben und es wieder und wieder zu versuchen.

Dabei ist es genau diese mentale Einstellung, die Sie von Ihrem eigenen Erfolg und einem glücklicheren Leben mit mehr Selbstzufriedenheit trennt. Denn wie weit „negative" Ereignisse und Rückschläge uns beeinflussen, das bestimmen wir selbst mit unserem Denken und Handeln. Erfolgreiche Menschen, Entdecker und Erfinder scheitern nicht seltener als jeder andere. Im Gegenteil, es ist einzig und allein die mentale Einstellung mit negativen Ereignissen umzugehen und daraus neue Motivation zu schaffen, die diese Menschen zum Erfolg führt.

Wenn auch Sie sich von Ihren Blockaden lösen und Ihr Denken und Handeln verändern wollen, um mit mehr Optimismus, Motivation und Selbstzufriedenheit durchs Leben zu schreiten, dann bietet Ihnen dieses Buch die perfekte Grundlage. Erfahren Sie, wie Sie Schritt für Schritt positive Energie aus dem Negativem ziehen können, wie Sie lernen loszulassen und an sich selbst zu glauben. Wie das Sprichwort schon sagt: „Um sein Leben zu ändern, ist es nie zu spät“ - und der richtige Zeitpunkt dafür ist jetzt. Auch Sie sind nur ein paar Schritte von Ihrem eigenen Erfolg entfernt.

Herzlichst,

Kristin Berger Loewenstein

Die Kunst des Positiven Denkens

Dieses Kapitel bietet Ihnen den perfekten Einstieg in die Materie des positiven Denkens. Sie werden unter anderem erfahren, welche Vorzüge positives Denken bietet, wie Sie Ihre Gedanken kontrollieren können, welche häufigen Fehlannahmen mit positivem Denken in Verbindung gebracht werden und wie Sie diese vermeiden können. Dieses Kapitel ist der allererste und wichtigste Grundstein, um die Kunst des positiven Denkens zu erlernen.

Kann ich meine Gedanken kontrollieren?

Sie fragen sich bestimmt, ob es Ihnen überhaupt möglich ist, Ihre eigenen Gedanken zu kontrollieren. Dies ist eine berechtigte Frage, denn die meisten unserer Gedanken laufen vollkommen unbewusst ab. Mit Sicherheit ist es auch Ihnen schon einmal passiert, dass Sie sich komplett in Ihren Gedanken verloren und sich am Ende sogar gefragt haben, wie Sie überhaupt von Gedanke A zu Gedanke Z gelangt sind.

Unser Gehirn ist faszinierend. Es ist in der Lage, Gedankengänge und Zusammenhänge von selbst zu knüpfen, Informationen, ohne jegliche Hilfe zu verarbeiten und Erinnerungen zu speichern, um sie dann fast jederzeit wieder abrufen zu können. Dabei verfügen wir sogar über mehrere Mechanismen, die einem Filter ähneln, der wichtige von unwichtigen Gedanken trennt und diese dann entsprechend im Kurzzeit-, bzw. Langzeitgedächtnis, speichert.

All diese Prozesse sind für uns von großem Nutzen, denn eine der unzähligen Fähigkeiten unseres Gehirns ist es pro Tag etwa 60.000 bis 70.000 Gedanken zu produzieren. Die meisten davon sind unbewusst und werden später durch den besagten Filter aussortiert. Sie dienen uns nur für den Moment, um Aufgaben und Tätigkeiten zu erledigen und Handlungen auszuführen. Tatsächlich gibt es nur einen einzigen Zeitraum an einem 24 Stunden-Tag, in dem wir nicht denken und das ist nachts, wenn wir schlafen.

Gerade einmal 3% unserer Gedanken pro Tag sind motivierend, bzw. aufbauend, für uns selbst oder Personen aus unserem Umfeld. Nur ein winzig kleiner Teil Ihrer täglichen Gedanken unterstützt Sie also, an sich und Ihre Fähigkeiten zu glauben, sich zu motivieren und somit auch voranzubringen. Im Vergleich dazu sind 25% unserer bewussten Gedanken sogar negativ geprägt und beinhalten unter anderem Selbstzweifel und Selbstkritik. Positives Denken spielt somit in den Köpfen der meisten Menschen eine eher untergeordnete Rolle, während negative Gedanken und Selbstzweifel dominieren.

Gedanken sind nicht gleich Gedanken. Wir unterscheiden zwischen bewussten und unbewussten Gedanken, wobei wir für den bewussten Anteil ganz allein selbst verantwortlich sind. Ob diese nun positiv, motivierend und aufbauend oder negativ, kritisierend und demotivierend sind, das entscheiden allein wir.

Es ist also durchaus möglich, unsere Gedanken bewusst zu kontrollieren und zu steuern!

Gerade dieser Anteil hat einen enormen Einfluss auf uns, unseren Alltag und unser Umfeld. Wenn sich nun allein ein Viertel Ihrer bewussten Gedanken um Selbstzweifel, Kritik, Ängste und Unsicherheiten drehen, beeinflusst dies nicht nur Ihre Sicht auf Ihr eigenes Leben und Ihre Mitmenschen, sondern bestimmt auch Ihre Erfolgschancen für Ihren Beruf und Ihre zwischenmenschlichen Beziehungen.

Mit Sicherheit haben auch Sie in Ihrem Leben bereits Rückschläge und Zurückweisungen erlebt, sei es in Ihrem Job, in Ihrem sozialen Umfeld oder im alltäglichen Leben. Wie sind Sie mit diesen Rückschlägen umgegangen? Hat es Ihr Selbstwertgefühl gemindert, Ihre Stimmung tagelang getrübt oder Sie sogar davon abgehalten, einen erneuten Anlauf zu wagen?

Viele Aspekte, die uns charakterisieren und als Menschen ausmachen, werden durch unsere Natur der Gedanken bestimmt. Ob wir vorwiegend negativ oder positiv denken beeinflusst unsere Entscheidungen, unseren beruflichen Werdegang und unsere Erfolgschancen. Die Art unseres Denkens hat sogar Einfluss auf die Wahl unseres Lebenspartners, erfolgreiche Beziehungen und ein rundum glückliches Sozialleben.

Zusammengefasst bedeutet dies, dass unser Denken unser Handeln und damit auch den Verlauf unseres Lebens weitreichend bestimmt. Die schlechte Nachricht hierbei ist: Sie werden Ihre Gedanken nie absolut kontrollieren können. Selbst wenn Sie die Kunst des positiven Denkens lernen und anwenden, heißt das nicht automatisch, dass Sie nie wieder negativ über sich selbst oder andere denken werden oder Ihr eigenes Können infrage stellen. Es wird Ihnen nie zu 100% möglich sein, all Ihre Gedanken zu steuern und immer positiv auf negative Ereignisse zu reagieren.

Doch es gibt auch zwei gute Nachrichten: Erstens: Es geht nicht nur Ihnen so. Auf diesem Planeten gibt es rund 7,5 Milliarden Menschen in derselben Situation. Niemand wird jemals seine Gedanken vollständig steuern und negative Gedanken komplett eliminieren können, es sei denn, wir sprechen von künstlicher Intelligenz. Zweitens: Selbst wenn Sie negative Gedanken nicht vollständig aus Ihrem Kopf streichen können, so können Sie doch lernen, gekonnt mit ihnen umzugehen, sodass diese weder Ihre Stimmung, noch Ihr Selbstwertgefühl langfristig und nachhaltig negativ beeinflussen.

Warum Sie positiv denken sollten

Im vorherigen Kapitel haben Sie bereits erfahren, wie positives Denken Ihr Leben beeinflussen und sogar verändern kann. Bisher haben wir vor allem positive Veränderungen im sozialen Umfeld und Ihrem Job in Betracht gezogen. Doch eine optimistische Einstellung und eine gekonnte Herangehensweise an Probleme kann noch viel mehr bewirken, als Ihnen wahrscheinlich bewusst ist.

Positives Denken hat einen starken Einfluss auf Ihre Gesundheit und Ihr seelisches Wohlbefinden. Es erhöht nicht nur Ihre Lebenserwartung und verringert das Risiko für Depressionen, es macht uns Menschen, vor allem in Stresssituationen, leistungsfähiger und stärkt unser Immunsystem. Somit wirkt eine positive Lebenseinstellung wie ein natürliches Abwehrmittel gegen Krankheiten, wie zum Beispiel Erkältungen.

Sicherlich lässt sich diese positive Lebenseinstellung nicht zu 100% mit einer gesunden Lebensweise oder Medikamenten im Krankheitsfall vergleichen. Jedoch werden vor allem Erkältungen durch ein erhöhtes Stresslevel ausgelöst, welches das körpereigene Abwehrsystem schwächt. Negative Gedanken spielen hierbei eine ausschlaggebende Rolle, denn sie tragen vorwiegend dazu bei, das Stresslevel zu erhöhen. Fehlt uns eine positive Denkweise und die Fähigkeit, mit

Stress und negativen Ereignissen umzugehen, neigen wir dazu, uns in einer Art "Spirale der Negativität" zu verlieren.

Diese Negativ-Spirale kann zu schlaflosen Nächten oder einer generell schlechteren Schafqualität führen und auch unser Essverhalten beeinflussen. Unter Stress neigen die meisten Menschen dazu, sich ungesünder zu ernähren. Auch unsere täglichen Aktivitäten an der frischen Luft leiden darunter. Sicherlich haben auch Sie es schon einmal erlebt: Ein schlechter Tag, eine allgemein betrübte Stimmung und alles, was Sie am Ende des Tages wollen, ist sich auf der Couch vor dem Fernseher mit einer großzügigen Portion Eis oder einer Tafel Schokolade einen Film anzusehen, der Ihre Stimmung bestmöglich aufheitern soll.

Doch genau darin liegt der Fehler. Anstatt uns an der frischen Luft zu bewegen, Sport zu treiben oder uns gesund zu ernähren, greifen wir zum "Comfort Food", welches üblicherweise eine geringe Nährstoffdichte und wenig Vitamine enthält. Der Drang, negative Ereignisse mit ungesundem Essen ausgleichen zu müssen, anstatt dies mit einer positiven Denkweise zu verarbeiten, macht uns auf Dauer krank, nicht nur mental, sondern auch physisch.

Ein ständig erhöhtes Stresslevel im Alltag birgt auch Risiken für Krankheiten wie Herzerkrankungen, Bluthochdruck oder auch Gefäßerkrankungen. Natürlich können viele Faktoren solche Beschwerden auslösen, jedoch tragen die Anhäufung von negativen Gedanken sowie fehlende Maßnahmen, um Stress abzubauen, dazu bei, das Risiko für HerzKreislaufErkrankungen maßgeblich zu erhöhen.

Auch Bluthochdruck, durch zu wenig oder schlechten Schlaf, kann eine mögliche Folge negativer Gedanken sein. Mit Sicherheit haben auch Ihre Gedanken Sie schon einmal bis spät in die Nacht wachgehalten oder sogar bis in Ihre Träume verfolgt. Besonders, wenn Sie kurz vor dem Einschlafen versuchen, das Erlebte zu verarbeiten und sich tief in Ihrer Gedankenwelt verlieren, kann dies nicht nur Ihre Schlafqualität, sondern auch die Dauer der Tiefschlafphase und die Gesamtdauer des Schlafes beeinträchtigen. Dauert diese Beeinträchtigung sogar mehrere Monate an, erhöht sich der Bluthochdruck und das Risiko für Übergewicht und psychische Probleme sowie Infektionen steigt.

Eine allgemein positive Einstellung hilft uns oft, Ereignisse und Probleme schneller und besser zu verarbeiten. Wir verbringen somit weniger Zeit in der Spirale der negativen Gedanken, die unser Stresslevel erhöht und die Schlafdauer und -qualität mindert.

Eine positive Denkweise führt auch zu einer erhöhten Lebensqualität und einem allgemein besseren Wohlbefinden. Dies hängt damit zusammen, dass optimistische Menschen eher dazu neigen, sich gesund zu ernähren, Sport zu treiben und dem eigenen Körper und Geist täglich etwas Gutes zu tun. Positives Denken kann uns mehr Vitalität und Energie verleihen. Viele Menschen sind sogar der Meinung: Optimisten leben länger, denn positives Denken hält jung!

Wie im vorherigen Kapitel bereits erwähnt, wird das Erlernen einer positiven Denkweise zudem Ihr Selbstbewusstsein und Selbstwertgefühl verbessern. Positives Denken beinhaltet nicht nur, an sich selbst zu glauben und sich selbst zu motivieren, es beeinflusst auch unsere

Entscheidungen und unser Handeln. In den folgenden Kapiteln werden Sie erfahren, warum es wichtig ist, sich selbst zu lieben, das eigene Wohlbefinden als wichtigste Priorität zu betrachten und warum Sie mehr Entscheidungen in Ihrem Leben zu Ihren Gunsten treffen sollten. Die Auswirkungen des positiven Denkens lassen sich mit der **"WESSS"** Formel am besten zusammenfassen. Positives Denken beeinflusst:

W - Wohlbefinden: Positive Gedanken verbessern Ihre Lebensqualität und Ihre persönliche Zufriedenheit mit sich selbst und Ihrem Leben. Des Weiteren beugt positives Denken gegen Infektionen vor und senkt Ihr Risiko für Bluthochdruck, Herz-Kreislauf-Erkrankungen und Übergewicht.

E - Erfolg und Erfolgschancen: Positives Denken steigert Ihre Motivation, Ihre Zielstrebigkeit und auch Ihr Selbstbewusstsein, welches Ihre Erfolgschancen maßgeblich beeinflusst. Erfolgreiche Menschen wissen mit Rückschlägen umzugehen und geben nicht auf bis sich der Erfolg schlussendlich einstellt.

S - Selbstbewusstsein: An sich selbst zu glauben und das eigene Wohlbefinden als Priorität zu setzen, ist ein Aspekt des positiven Denkens. Befreien Sie sich mithilfe positiver Gedanken von Ihren Selbstzweifeln und Ängsten und gehen Sie selbstbewusst und zuversichtlich auf Ihre Umwelt zu.

S - Stress: Positives Denken ist enorm wichtig, um Stress zu vermeiden oder diesem entgegenzuwirken. Wie bereits beschrieben, beeinflusst Stress unser physisches und seelisches Wohlbefinden oft negativ. Stress wird sehr oft durch eine Anhäufung von negativen Gedanken gefördert und hält Sie dadurch in einer "Negativ-Spirale" gefangen. Positive Gedanken können hier helfen, sich zu entspannen und Ihre inneren Blockaden zu lösen.

S - Schlaf: Positives Denken, vor allem vor dem Einschlafen, kann und wird Ihre Schlafqualität verbessern und Ihre Schlafdauer verlängern. Dies hat nicht nur positive Auswirkungen auf Ihre physische und psychische Gesundheit, sondern auch auf Ihr Wohlbefinden und Ihre Lebensqualität.

Wie Sie wahrscheinlich bereits erahnt haben, sind viele der genannten Aspekte miteinander verknüpft. Eine Komponente kann die andere beeinflussen und somit das allgemeine Wohlbefinden, Ihre Lebensqualität und Selbstzufriedenheit, d.h. Ihr Selbstbewusstsein verbessern, aber umgekehrt auch verschlechtern. Deshalb wird es auch für Sie von großem Nutzen sein, positives Denken zu erlernen und in Ihr Leben zu integrieren.

Das #1 Geheimnis...

In den ersten beiden Kapiteln wurde beschrieben, wie wichtig positives Denken für Ihr Leben ist. Vielleicht haben auch Sie hierdurch erkannt, dass Sie etwas in Ihrem Leben und an Ihrer Denkweise ändern möchten.

Bevor Ihnen dieses Buch dahingehend weitere, wertvolle Praxis-Tipps und Anleitungen liefert, wollen wir hier erst einmal auf das "Nummer-1-Geheimnis" beim positiven Denken eingehen. Dies wird für Sie der wichtigste Grundbaustein, auf den alle anderen Tipps, Methoden und Strategien dieses Buches aufbauen.

Das "Nummer-1-Geheimnis" beim positiven Denken ist: Akzeptanz. Das Akzeptieren Ihrer persönlichen Situation und Lage, in der Geschehenes nicht mehr rückgängig gemacht werden kann sowie die Akzeptanz der eigenen Stärken und Schwächen, bilden das Fundament des positiven Denkens.

Akzeptieren beginnt vor allem dann, wenn Ihnen etwas Ungünstiges oder Negatives widerfahren ist. Stellen Sie sich einmal vor, Ihr Chef hat für ein großes und sehr wichtiges Projekt eine Kollegin oder einen Kollegen, anstatt Ihnen, ausgewählt, obwohl Sie sich das ganze Jahr schon ausgiebig auf dieses Projekt vorbereitet und gefreut haben. Wie reagieren Sie in solch einer Situation?

Stürmen Sie wutentbrannt zu Ihrem Chef und stellen ihn zur Rede? Dies könnte Sie möglicherweise Ihren Job kosten. Oder lassen Sie sich von diesem Rückschlag so herunterziehen, dass Sie sich den kompletten Arbeitstag nicht mehr fokussiert auf Ihre Arbeit konzentrieren können?

Bevor Sie impulsiv reagieren, sollten Sie erst einmal akzeptieren, was passiert ist. Dies hat verschiedene Gründe. Wenn Sie sich auf das Akzeptieren der Situation, anstatt auf das Problem selbst konzentrieren, vermeiden Sie mögliche emotionale Ausbrüche wie übermäßige Wut und Trauer, die gerade am Arbeitsplatz unangebracht sind. Das emotionale Verarbeiten der Situation gehört zwar auch dazu, jedoch hilft Ihre Akzeptanz, dies zu mildern, zu verkürzen und in manchen Situationen sogar komplett zu vermeiden.

Des Weiteren hilft die Akzeptanz dabei, rationale Entscheidungen zu treffen und realistische Pläne zu schmieden, um mit einem solchen Ereignis umzugehen, bzw. adäquat darauf zu reagieren.

Der Fokus auf der Akzeptanz und dem Analysieren der gegebenen Situation hilft Klarheit, vor allem in Ihrem Kopf, zu schaffen. Es wird Ihnen nicht nur helfen, Ihre Emotionen im Griff zu behalten und Sie davor schützen, diese an Ihren Mitmenschen auszulassen, auch ist es Ihnen hierdurch möglich, sich mit dem Erlebten schneller auseinanderzusetzen und sich auf das "Was nun?" zu konzentrieren. Akzeptanz schafft Ruhe und Balance und ist damit unheimlich wichtig für die Entwicklung einer positiven Denkweise, besonders bei der Verarbeitung negativer Ereignisse. Akzeptanz ist wie ein Ventil, durch welches die negativen Gedanken und Emotionen nach draußen strömen können, sodass Sie genug Platz für neue, positive Gedanken und Ideen haben.

Um die Akzeptanz in der Praxis umzusetzen, lassen sich die folgenden drei Schritte der Ereignisverarbeitung anwenden:

„Es ist passiert, ich kann es nicht mehr ändern."

Die simpelste Art der Akzeptanz. Hierbei machen Sie sich schlichtweg bewusst, dass das Geschehene bereits geschehen ist und sich die Ereignisse nicht mehr rückgängig machen lassen. Dies hilft Ihnen, Ihre Emotionen im Zaum zu halten und den Fokus auf die Verarbeitung des Geschehenen zu lenken. Sie werden sehr schnell feststellen, dass weder Wut noch Trauer Sie in diesem Fall voranbringen, da es Ihnen nicht ermöglicht, das Problem zu beheben oder das Geschehene rückgängig zu machen.

„Es ist passiert, ich kann es nicht mehr ändern. **Was nun?"**

Nachdem Sie nun Schritt 1 angewendet und die Situation erst einmal akzeptiert haben, können Sie sich jetzt fragen, wie es weitergehen soll. Welche Auswirkungen wird das Ereignis auf Sie haben? Wird es Sie langfristig negativ beeinflussen, wenn ja, für wie lang? Eine Woche, ein Jahr oder gar zehn Jahre? Was können Sie daraus lernen und wie lässt sich verhindern, dass so etwas wieder passiert? Geben Sie sich Zeit und fokussieren Sie sich mehr auf die Zukunft als auf die Vergangenheit. Was geschehen ist, ist geschehen. Aber Sie selbst bestimmen mit Ihren Entscheidungen und Handlungen, wie sehr das Geschehene Ihre Zukunft beeinflusst und welche Schlüsse Sie daraus ziehen können.

„Es ist passiert und ich kann es nicht mehr ändern. **Aber lässt sich möglicherweise etwas Positives daraus ziehen?"**

Der letzte Schritt der Akzeptanz ist der wohl schwierigste. Es verlangt einiges an Übung und auch Erfahrung das Positive in negativen Situationen und Ereignissen zu sehen. Jedoch gibt es ein paar typische Situationen, die sich gut dafür eignen diesen Schritt zu erlernen.

Nehmen wir an, Ihnen wird kurz vor einer Verabredung abgesagt. In dieser Situation können Sie Ihre positive Denkweise ganz leicht nutzen, um sich bewusstzumachen, dass Sie nun mehr Zeit für andere Aktivitäten und Verbindlichkeiten haben.

Ein anderes Beispiel: Wenn Sie das nächste Mal krank werden, versuchen Sie einen positiven Grund zu finden, weshalb es gut ist, einige Tage zuhause zu bleiben. Vielleicht finden Sie endlich einmal die Zeit, ein gutes Buch zu lesen, welches Sie schon so lange in Ihrem

Schrank stehen haben. Oder aber Sie können endlich aufgeschobene, private Büroarbeit von zuhause aus erledigen.

Sicherlich ist es nicht immer einfach, das Positive in jeder Situation zu sehen: Zum Beispiel, wenn Wertgegenstände gestohlen werden oder verloren gehen, wenn Sie von Ihrem Job entlassen oder von Ihrem Partner verlassen werden. In diesen Situationen lässt sich das Positive meist nicht gleich erkennen oder kann auch ganz ausbleiben. Geben Sie sich selbst und dem Prozess der Akzeptanz und Verarbeitung jedoch Zeit und Raum, dann können sich neue Türen für Sie öffnen und es ergeben sich für Sie ganz neue Möglichkeiten

Akzeptanz ist das Nummer-1-Geheimnis des positiven Denkens. Die Basis, um Probleme schnell, effektiv und erfolgreich zu verarbeiten und positives Denken in Ihren Alltag zu integrieren. Wenn Sie beginnen, verschiedenen Situationen und Ereignissen mit den drei Schritten der Akzeptanz zu begegnen, werden Sie schnell merken, wie sich Ihr Denken und Handeln auf einfachste Weise beeinflussen lassen.

Die drei häufigsten Fehlannahmen beim positiven Denken

Bevor wir uns weiter auf die Praxis und die Umsetzung des positiven Denkens im Alltag konzentrieren, sollten Sie die drei häufigsten Fehlannahmen kennen und sich selbst daraufhin überprüfen. Die Kombination aus der richtigen Umsetzung der Praxis-Tipps und der Vermeidung falscher Gewohnheiten und Einstellungen, wird Ihnen am Ende die größten Erfolgschancen sichern und Ihnen dazu verhelfen, eine positive Denkweise gekonnt in Ihr Leben zu integrieren.

Als Erstes gilt es zu beachten, dass positives Denken nicht mit gezwungenem Optimismus gleichzusetzen ist. Positives Denken muss ein Teil Ihres Lebens werden, um erfolgsversprechend angewendet zu werden.

Sie fragen sich bestimmt, was in diesem Fall dann „gezwungener Optimismus“ bedeutet. Unter „gezwungenem Optimismus“ verstehen wir vor allem künstlich positives Denken. Die betreffende Person glaubt ihren eigenen Worten selbst nicht, noch vertraut sie darauf. Diese Art des Optimismus wird oft nach außen getragen, auch am Arbeitsplatz, um schnelle, aber meist ineffektive Ergebnisse zu erzielen. Manchmal entsteht diese Form des Optimismus auch durch andere Personen aus unserem Umfeld, die uns gut gemeint motivieren und unterstützen wollen. Stimmt diese externe Motivation nicht mit der eigenen, internen Motivation überein, kann es schnell zu Fehlentscheidungen und falschen Hoffnungen kommen, die häufig in Rückschlägen enden.

Das heißt im Umkehrschluss natürlich nicht, dass Sie sich nie wieder von Mitarbeitern, Freunden und Familie motivieren lassen sollen. Jedoch steht Ihre eigene, interne Motivation immer im Vordergrund und sollte die Hauptquelle Ihres positiven Denkens sein. Die folgenden drei Tipps werden Ihnen helfen, gezwungenen Optimismus zu vermeiden:

1. **Setzen Sie sich realistische Ziele.** Üben Sie Ihre positive Einstellung zuerst in einfachen, alltäglichen Situationen, anstatt möglicherweise an schwierigen, komplexeren Problemen zu scheitern. Machen Sie sich bewusst, dass positives Denken Übung und Erfahrung erfordert, um ein natürlicher Teil Ihres Lebens zu werden.

   Stellen Sie sich vor, Sie haben zehn Jahre lang keinen Sport gemacht und nehmen sich jetzt vor, dies wieder in Ihr tägliches Leben zu integrieren. Damit dies erfolgreich gelingt, wird Ihnen jeder Trainer raten, langsam zu beginnen und sich realistische Ziele zu setzen. Niemand wird von Ihnen erwarten, in der ersten Woche jeden Tag 5 Stunden zu trainieren und in der zweiten gar einen Marathon zu laufen.

2. Mit Hilfe von realistischen Zielen halten Sie Ihre eigene Motivation hoch und vermeiden, dass Ihre positive Einstellung in gezwungenen Optimismus übergeht. **Machen Sie sich bewusst, dass es nicht immer etwas Positives in jeder Situation gibt.** Wie Sie bereits gelernt haben, ist Akzeptanz die Grundlage einer

positiven Einstellung. Manchmal überwiegen die Emotionen und so sehr wir auch versuchen, die Situation zu akzeptieren und das Positive zu sehen, so schwer kann es uns manchmal fallen, dies effektiv in der Realität umzusetzen. Doch das heißt noch lange nicht, dass uns die positiven Folgeereignisse nicht noch zu einem späteren Zeitpunkt begegnen können. Geben Sie sich Zeit. Auch hier wird Ihnen Ihre positive Einstellung nur dann etwas nützen, wenn sie ehrlich und von innen heraus entsteht.

3. **Arbeiten Sie an sich und Ihren Projekten in Ihrem eigenen Tempo.** Nicht jeder Mensch lernt auf dieselbe Art und Weise oder im selben Tempo. Manch einem wird es leichter fallen, positives Denken gekonnt umzusetzen und für den anderen dauert es eine Weile. Erzwingen Sie Ihre Fortschritte nicht. Seien Sie sich bewusst, dass Scheitern, Rückschläge und Fehler genauso dazugehören wie unzählige Erfolgserlebnisse. Fokussieren Sie sich auch hier auf Ihre realistischen Ziele, die Sie allein in Ihrer ganz eigenen Geschwindigkeit erreichen.

Eine positive Einstellung kann und sollte nicht erzwungen werden, da künstlicher Optimismus uns nur selten ans Ziel bringt. Ein weiterer Irrglaube über positives Denkens ist, zu erwarten, dass wir mit einer positiven Einstellung nie wieder scheitern und fortan ohne jegliche Trauer leben. Positives Denken wird Ihnen zwar zu mehr Lebensqualität verhelfen und Ihr Leben in eine positive Richtung mit mehr Selbstzufriedenheit lenken, jedoch wird es Sie nicht vor Misserfolgen und schwierigen Situationen schützen. Durch positives Denken werden Sie diese Situationen aber besser meistern können.

Das bedeutet Sie können Ihr Gelerntes im Alltag anwenden! Dieses Buch bietet Ihnen Aufschluss darüber, wie Sie negativen Situationen am besten begegnen, Konflikte gekonnt lösen, sich von inneren Blockaden befreien und eine positive Einstellung effektiv in der Praxis anwenden. Alles, was Sie hier lernen, kann ohne viel Aufwand aber mit etwas Übung auf Ihr eigenes Leben übertragen werden. Sie werden dadurch in der Lage sein, auf eine ganz andere Art mit Rückschlägen und negativen Ereignissen umzugehen und diese folglich auch völlig anders wahrzunehmen. Dinge, die Sie vor einigen Monaten vielleicht aufgebracht und lange Zeit emotional beschäftigt haben, werden Sie in Zukunft wesentlich besser wegstecken können. Positives Denken wird Ihnen also zu Gute kommen, auch wenn es Ihnen keine heile, perfekte Welt verspricht.

Eine letzter Fehlannahme, der vor allem in den Anfängen immer wieder auftreten kann, ist zu glauben, dass positives Denken automatisch die Lösung Ihrer Probleme ist. Auch wenn eine positive Einstellung, vor allem in Kombination mit Akzeptanz und Selbstwertschätzung, immer der erste Schritt sein sollte, um Probleme anzugehen, beinhaltet dies nicht automatisch die Lösung des Problems.

Vor allem bei komplexen Problemen erfordert es oft einiges an Zeit, das Erlebte zu verarbeiten, die Situation abzuwägen, Lösungswege in Betracht zu ziehen und andere Menschen um Rat zu fragen. In diesem Prozess der Verarbeitung wird Ihre optimistische Einstellung mit Sicherheit einen Teil dazu beitragen und vor allem Ihre Sichtweise auf die Situation positiv beeinflussen. Jedoch sind allein

Sie dafür verantwortlich, durch Ihr Denken und Handeln den für Sie passenden Lösungsweg auszuwählen.

Wir halten also fest: Die drei häufigsten Fehlannahmen beim positiven Denken sind gezwungener Optimismus, die Hoffnung, dass negative Ereignisse vollkommen ausbleiben und die Erwartung, dass positives Denken alle Probleme lösen kann. Wenn Sie diese Fehlannahmen, bzw. Erwartungshaltungen, zu vermeiden wissen, wird der Übergang zu einer positiven Einstellung für Sie ein Kinderspiel!

Die Macht der Gewohnheit

Wie Sie bereits erfahren haben, erfordert die Umsetzung des positiven Denkens einiges an Zeit, Übung und Gewohnheit. Wichtig dabei ist, dass sie sich realistische Ziele setzen, in Ihrem eigenen Tempo arbeiten und sich selbst und Ihren Fortschritten Zeit und Wertschätzung geben. Sie fragen sich mit Sicherheit, wie lange dieser Prozess dauert, wann Sie Ergebnisse erwarten können und wann Sie Ihre ersten Ziele erreichen.

Der Mensch neigt dazu, sich selbst und anderen Menschen Zeitlimits zu setzen. Sei es im Beruf, wo Sie Fristen für bestimmte Projekte einhalten müssen oder vielleicht in einer Diät, in der Sie gewisse Resultate in sechs, acht, zehn oder zwölf Wochen erreichen wollen. Diese Angewohnheit hat sowohl negative als auch positive Auswirkungen auf Sie, Ihre Erwartungshaltung und Ihre Arbeitseinstellung.

Klare, zeitliche Ziele können motivierend sein und helfen Ihnen dabei, sich auf Ihre Arbeit und Projekte zu fokussieren. Sie verspüren den Drang, Dinge akkurat, genau und zeitnah zu erledigen, um die gesetzten Fristen einzuhalten. Ohne solche zeitlichen Vorgaben würden einige Systeme, Vorgänge und Berufe vermutlich nicht funktionieren. Zeitliche Vorgaben schaffen vor allem Strukturen, Klarheit und Ordnung. Sie sind Garanten dafür, dass Arbeitsprozesse eingehalten und Ziele erreicht werden.

Doch einen definitiven Stichtag festzulegen setzt uns auch unter Druck. Immer mehr Menschen erkranken an Depressionen und Burnout durch zu viel Stress und der Einstellung, so viele Dinge wie möglich und so gut wie möglich in kürzester Zeit erreichen zu müssen. In Zeiten der Digitalisierung müssen wir dauerhaft erreichbar sein und dazu bereit sein, unsere Arbeit und Aufgaben sogar vom Arbeitsplatz mit nach Hause zu nehmen. Nicht umsonst ist das Thema WorkLifeBalance in aller Munde.

Wir müssen unsere Gewohnheiten ändern, um unser Leben zu verändern. Wenn wir abnehmen wollen, müssen wir langfristig unsere Ernährung umstellen und beispielsweise Zuckerhaltiges gegen frisches Obst und Gemüse eintauschen. Wenn wir uns besser erholen und mehr schlafen wollen, so müssen wir früher ins Bett gehen und weniger lesen oder fernsehen. Wenn Sie also Ihre eigene Einstellung positiv verändern wollen, so müssen Sie sich von schlechten Gewohnheiten, wie Selbstzweifeln, negativen Gedanken und inneren Blockaden, lösen und positives Denken zu Ihrer neuen Gewohnheit machen.

Doch Sie sollten dafür auch Zeit investieren. Genauso, wie ein Salat allein Sie nicht zu einem schlanken Menschen macht, so wird ein einzelner, positiver Gedanke nicht Ihre komplette Einstellung oder Ihr Leben verändern. Für eine nachhaltige Veränderung Ihrer Situation braucht es auch eine kontinuierliche Veränderung Ihrer Gewohnheiten. Genauso verhält es sich mit dem positiven Denken. Mehrere Situationen pro Tag, über Wochen hinweg, sind notwendig, um sich eine Gewohnheit aufzubauen und diese in das eigene Leben zu integrieren.

Wie lange dauert es aber genau, eine Gewohnheit zu verändern oder neu aufzunehmen? Lange Zeit glaubte man, nur 21 Tage. In den 1950er Jahren führte ein Chirurg ein Experiment durch, bei dem er beobachtete, wie lange seine Patienten brauchen, um sich an ihr neues Leben nach einer Amputation zu gewöhnen. Viele Patienten brauchten tatsächlich nur 21 Tage und so hielt sich jahrelang der Mythos, dass drei Wochen genügen, um sein Leben zu verändern.

Neue Studien zeigen jedoch, dass es wesentlich länger braucht, um neue Gewohnheiten anzunehmen, im Durchschnitt 66 Tage. Die Dauer hängt stark von der Art der Gewohnheit der Person und den äußeren Umständen ab, weshalb es im Allgemeinen schwer ist, sich auf ein genaues Zeitmaß zu fixieren. Manch einer wird nur 21 Tage benötigen, um eine positive Denkweise vollständig in sein Leben einzufügen, ein anderer dagegen braucht für diesen Prozess vielleicht sogar ein halbes Jahr.

Sie dürfen sich natürlich dennoch die 66 Tage als Richtwert nehmen, sofern dies Ihre Motivation antreibt. Führen Sie einen Kalender und notieren Sie, was Sie am jeweiligen Tag für das Erlernen des positiven Denkens getan haben. Welchen Situationen standen Sie gegenüber? In welchen Momenten konnten Sie Akzeptanz anwenden oder sogar Positives aus der Situation schließen? Wann fiel es Ihnen schwer, sich an die eigenen Vorgaben und Ziele zu halten? Wann haben Sie besonders an sich gezweifelt?

Halten Sie sich kurz und knapp, aber präzise. Setzen Sie sich als Ziel, die Methoden jeden Tag anzuwenden und zumindest eine Kleinigkeit für Ihren Fortschritt im Erlernen des positiven Denkens zu tun. Manchmal wird es Ihnen schwerer fallen, manchmal sogar überraschend einfach. Das wichtigste ist aber, dass Sie Ihr Ziel konstant verfolgen. Lieber machen Sie jeden Tag einen kleinen Schritt, als drei Tage lang einen großen und geben dann aufgrund von mangelnder Motivation auf.

Die Macht der Gewohnheit entscheidet also darüber, wie unser Alltag verläuft. Genau wie bei der Kontrolle unserer bewussten Gedanken kann dies positiv, aber auch negativ für uns sein. Wichtig ist, sich vor Augen zu führen, dass wir in beiden Situationen immer einen großen Einfluss darauf haben, in welche Richtung wir uns entwickeln. Selbst wenn Sie also bisher einen anderen Weg eingeschlagen haben, Ihre Gedanken eher negativ geprägt waren oder Ihre Gewohnheiten Sie nicht wirklich ans Ziel geführt haben, so können Sie dies jederzeit mit Ihren eigenen Handlungen verändern und bestimmen.

Nutzen Sie die 21 Tage Marke als ersten Teilabschnitt. Voraussichtlich braucht es nur diese ersten drei Wochen, um sich an die neue Situation und Denkweise zu gewöhnen. Als nächstes verfolgen Sie dann das 66TageZiel, um das Angewöhnte in eine richtige Gewohnheit zu verwandeln. Ab diesem Zeitpunkt wird positives Denken wahrscheinlich schon ein nahezu selbstverständlicher Teil Ihres Alltags sein, den Sie gekonnt anwenden und umsetzen können. Setzen Sie sich von dort an kleinere oder größere Ziele, je nachdem, wie es Ihre Persönlichkeit und Ihr Tempo verlangt.

Sie werden merken, dass es von Tag zu Tag einfacher und selbstverständlicher wird, dank der Macht der Gewohnheit. Diese Gewohnheit wird Ihr Leben definitiv zum Guten und nicht zum Schlechten verändern.

Eine der besten Strategien, positives Denken effektiv in Ihr Leben zu integrieren, ist und bleibt die Kunst, mit Rückschlägen und negativen Ereignissen umzugehen. In diesem Kapitel erwarten Sie hilfreiche Tipps und Tricks, wie Sie sich von Ihren Blockaden lösen und negative Gedanken langfristig aus Ihrem Kopf verbannen können.

Warum negative Gedanken hartnäckig sind

Wir haben bereits geklärt, dass etwa ein Viertel unserer bewussten Gedanken als negativ eingestuft werden. Das heißt, dass wir einen signifikanten Teil unseres Tages damit verbringen, an uns oder anderen zu zweifeln, uns mit Rückschlägen zu beschäftigen oder sonstige Gedankengänge zu entwickeln, die traurige, wütende oder sogar verzweifelte Gefühle in uns hervorrufen. Was wir bisher nicht geklärt haben: Warum diese Gedanken uns eigentlich mehr, bzw. häufiger, beschäftigen als die positiven und motivierenden Momente in unserem Kopf.

Manchmal scheint es wie verflucht: Sie haben eine traurige Nachricht erhalten, sind mit sich selbst und Ihren Fähigkeiten nicht zufrieden oder haben vielleicht sogar einen Rückschlag oder Verlust erlebt. Ihre Gedanken kreisen für Stunden um nichts anderes. Kennen Sie solche Momente? Das Ereignis wird auf einmal der Mittelpunkt in Ihrem Kopf. Es scheint, als herrsche eine magnetische Anziehungskraft zwischen diesem Kern allen Übels und allen anderen Überlegungen. Dies macht es unmöglich vorwärtszukommen, das Problem zu verarbeiten und zu lösen.

Sie befinden sich in solchen Momenten in einer Art Spirale aus negativen Gedanken. Ein negatives Ereignis löst entsprechende Emotionen aus wie zum Beispiel Trauer oder Selbstzweifel. Diese Emotionen, vielleicht noch in Kombination mit einem geschädigten Selbstwertgefühl, limitieren auch Ihre Motivation und den Glauben an sich selbst. Viele Menschen neigen dazu, nach einem Rückschlag ihre eigenen Fähigkeiten infrage zu stellen. Leider sind Selbstzweifel und der fehlende Mut etwas erneut zu versuchen keine Grundlage für den Erfolg. Es ist umso wahrscheinlicher, dass Sie einen weiteren Rückschlag erfahren oder erneut in eine negative Situation gelangen.

Vielleicht haben Sie auch schon einen dieser Tage erlebt, an denen Ihrer Ansicht nach nichts zu funktionieren scheint. Sie erhalten eine Absage für Ihre Bewerbung, Ihr Auto gibt den Geist auf oder in Ihrer Wohnung funktioniert wieder einmal die Heizung nicht. Eine solche Ausgangssituation sorgt bei Ihnen wahrscheinlich für schlechte Stimmung und negative Gedanken. Einige Stunden später verpassen Sie dann vielleicht Ihren Bus oder lassen in der Küche ein Glas fallen. Diese Situation ist dann die Folgesituation. Durch solche kleinen Missgeschicke lassen wir uns emotional dann noch weiter runterziehen und so wird schnell aus einem einzigen, negativen Ereignis ein komplett schlechter Tag.

An anderen Tagen wiederum hätten Sie sich von einem verpassten Bus oder einem zerbrochenen Glas nicht aus der Bahn werfen lassen und wesentlich leichter darüber hinweggesehen. In diesen Momenten spielen uns unsere Gedanken oft einen Streich und überbewerten eigentlich harmlose Situationen. Wir lassen uns dazu verleiten, uns nur noch auf die negativen Momente des Tages zu konzentrieren. Wir verlieren den Fokus für das Wesentliche und die kleinen, positiven Dinge, die wir den Tag über erleben. Dieses Verhalten unterstützt die Bildung der negativen Gedankenschleife, die Fragen und vor allem Selbstzweifel aufwirft und uns glauben lässt, dass so etwas nur uns und keiner anderen Person auf dieser Welt passieren kann.

Tatsächlich sind negative Gedanken für viele Menschen glaubwürdiger als positive. Wir neigen dazu, eher daran zu glauben, dass wir etwas nicht können, als an uns selbst und daran, dass wir es doch schaffen können. So sind negative Mechanismen oft tief in den Köpfen verankert, was es umso schwieriger macht, sich von solchen Blockaden zu lösen. Im Extremfall kann es dazu führen keine anderen Wahrheiten und Ideen an sich heranzulassen und nur an das schlechte zu glauben.

Warum neigen wir dazu, die negativen Gedanken für glaubwürdiger zu halten als die positiven? Die Antwort ist simpel: Mangelndes Selbstwertgefühl. Vielen von uns wird von Kind an eingeredet, bodenständig und realistisch zu bleiben. Während wir mit fünf oder sechs Jahren vielleicht noch träumen dürfen, später Prinzessin oder Fußballstar zu werden, so werden wir mit dem Beginn der Pubertät gezwungenermaßen auf den Boden der Tatsachen zurückgeholt. Ausgefallene Träume und Berufswünsche sind keine realistische Option mehr. Wir müssen einen soliden Plan vorlegen, wie wir uns unsere berufliche und finanzielle Zukunft vorstellen.

Diese Erwartungen geben uns auf der einen Seite die Garantie, uns für einen „sicheren" Weg zu entscheiden. Auf der anderen Seite aber nehmen sie den meisten Menschen den Mut zu träumen und sich vielleicht sogar selbst zu verwirklichen. "Dream big" wird somit ganz schnell zu "stay real".

Stellen Sie sich vor, Sie würden Ihrer Familie und Freunden morgen verkünden, dass Sie Ihren Job an den Nagel hängen, Ihre Wohnung kündigen, Ihren kompletten Hausstand verkaufen und die Welt bereisen wollen. Wie würde Ihr Umfeld darauf reagieren, mit Zweifeln oder bedingungsloser Unterstützung? Und viel wichtiger: Würden Sie sich so etwas überhaupt zutrauen: Alles von heut auf morgen stehen und liegen lassen? Die meisten Menschen würden wohl mit "Nein" antworten. Zu groß ist die Angst vor dem Scheitern und der (ablehnenden) Meinung anderer, zu gering der Glaube an die eigenen Fähigkeiten und Möglichkeiten im Leben.

Es ist an der Zeit, dass Sie über sich hinauswachsen. Negative Gedanken sind vor allem deshalb so hartnäckig, weil Sie es selbst zulassen. Doch genau jetzt ist Ihre Chance, dies zu ändern. Es gibt effektive Wege negative Gedankenschleifen zu umgehen und alte Denkmuster langfristig aus Ihrem Kopf zu verbannen. Die folgenden Kapitel zeigen Ihnen das Grundprinzip, um sich von eigenen, inneren Blockaden sowie äußeren, negativen Einflüssen zu lösen und Ihr Selbstbewusstsein und Selbstwertgefühl zu stärken.

Was Sie wirklich scheitern lässt

Die Abkürzung, um negative Gedanken von Anfang an zu vermeiden, ist, wie bereits erwähnt, die eigenen Gewohnheiten umzustellen. Wir erinnern uns, dass dies für jeden Menschen unterschiedlich viel Zeit verlangt, wir aber als Faustregel 66 Tage für das Erlernen neuer Gewohnheiten einplanen sollten.

Tatsächlich sind die häufigsten Ursachen für negative Erlebnisse unsere eigenen Angewohnheiten. Sie sind vielleicht nicht immer der Grund, warum Ereignisse passieren, jedoch beeinflussen sie unsere Erwartungshaltung und infolgedessen unsere Gedanken. Die wohl häufigste Ursache für negative Gedanken ist der Vergleich mit anderen. Wie oft haben Sie sich selbst dabei erwischt, dass Sie sich und Ihre eigenen Leistungen mit einem Kollegen oder einem Freund verglichen haben? Wie oft ist es Ihnen passiert, dass Sie sich daraufhin schlecht gefühlt haben, weil Sie Ihrer Meinung nach nicht auf einem Level mit dieser Person sind?

Der Vergleich mit Menschen aus dem Umfeld ist ein Mechanismus, der uns von klein auf beigebracht wird. Erinnern Sie sich zurück an Ihre Schulzeit: Ihre Leistungen im Sportunterricht z.B. wurden den Leistungen Ihrer Mitschüler gegenübergestellt. Auch in anderen Fächern wie Deutsch und Mathematik wurde Ihnen nach einer Klausur der Notenspiegel der Klasse gezeigt, der Sie mit Ihren Klassenkameraden in Relation gestellt und somit verglichen hat.

Später dann fangen Sie an, sich mit Freunden und ehemaligen Schülern aus demselben Jahrgang zu vergleichen. Wer hat am schnellsten sein Studium abgeschlossen? Wer ist der oder die erste mit Ehepartner/in und Kind?

Der Vergleich wird vor allem untereinander aufgestellt. Viel zu selten blicken wir auf unsere eigenen Fortschritte zurück. Der Hauptfokus liegt viel zu oft auf dem, was andere haben und erreichen und wir nicht. Dieses Verhalten ruft nicht nur Neid und Missgunst hervor, sondern schüchtert uns auch ein und beeinflusst unser Selbstwertgefühl. Die eigenen Erfolge scheinen auf einmal bedeutungslos, sobald Sie erfahren, dass jemand anderes mehr in kürzerer Zeit erreicht hat.

Diese Angewohnheit aus Ihrem Leben zu streichen, wird für Sie eine lebensverändernde Maßnahme sein. Sie werden merken, wie befreiend es sein kann, sich nur auf sich selbst und den eigenen Fortschritt zu konzentrieren. Wenn Sie das nächste Mal dazu neigen, sich mit einer anderen Person zu vergleichen, stellen Sie sich selbst die Frage: Hat diese Person dieselbe Ausgangslage wie ich? Haben wir ein komplett identisches Leben, dieselben Fähigkeiten, Voraussetzungen, Beziehungen, Erwartungen und Gefühle? Die Antwort ist mit Sicherheit: „Nein!". Deshalb ist der Vergleich mit einer anderen Person in den meisten Fällen reine Zeitverschwendung.

Stattdessen vergleichen Sie sich fortan vorwiegend mit sich selbst und Ihrer eigenen Entwicklung. Fokussieren Sie sich darauf, wie weit Sie bereits gekommen sind und was Sie erreicht haben. Feiern Sie auch kleine Fortschritte, denn auch diese sind besser als Stillstand und bringen Sie voran. Sehen Sie andere Personen nur als Vorbilder und Idole, jedoch nicht als Vergleich an. Es wird immer Menschen geben, zu denen Sie aufschauen und die Sie inspirieren. Jedoch sollte Ihnen immer bewusst sein, dass wir alle unsere Ziele in einem anderen Tempo und unter anderen Voraussetzungen erreichen.

Die zweite Ursache für negative Gedanken sind Erwartungen. Da gibt es zum einen die eigenen Erwartungen an sich selbst. Der Mensch möchte seine Ziele so schnell und so einfach wie möglich erreichen. Gerade wenn Sie Ihre Ziele zu hoch ansetzen, kann es schnell zu Enttäuschungen kommen. Dies wiederum hat auch Auswirkungen auf Ihre Gedanken und Ihr Selbstwertgefühl und Sie finden sich oft schnell und unbemerkt in Ihren negativen Gedanken gefangen. Genau deshalb ist es für Sie ratsam, die im ersten Kapitel beschriebenen Hinweise in die Tat umzusetzen. Geben Sie sich Zeit und das Vertrauen, Ihre Fortschritte in Ihrem eigenen Tempo zu erreichen und lassen Sie sich auf Ihrem Weg nicht durch Vergleiche mit anderen Menschen aus der Bahn werfen.

Zum anderen gibt es die zwischenmenschlichen Erwartungen, die zwischen Ihnen und Ihrem sozialen Umfeld entstehen. Das schließt unter anderem ein, Aufgaben in einem bestimmten Zeitraum und mit entsprechender Qualität zu erfüllen, aber auch Verlässlichkeit sowohl am Arbeitsplatz als auch im sozialen Umfeld zu zeigen. Niemand enttäuscht gerne andere Menschen, jedoch passiert dies oft unbemerkt durch unachtsames Verhalten. Machen Sie sich also immer bewusst, was wo und wie von Ihnen erwartet wird. Führen Sie sich vor Augen, dass auch Sie auf andere Personen angewiesen sind und Sie sich auf deren Hilfe und Arbeit verlassen wollen.

Es existiert also ein Geben und Nehmen in unserem gesellschaftlichen System, auf das jeder mehr oder weniger angewiesen ist. Leider strauchelt dieses für alle Beteiligten nützliche, symbiotische Verhältnis sobald eine Partei diesen ungeschriebenen Vertrag nicht einhält. Lassen Sie sich also von Erwartungen nicht unter Druck setzen, aber

„ außer
man
tut
es.

ERICH KÄSTNER

UrBestSelf

erfüllen Sie Ihre Aufgaben und Tätigkeiten mit Bedacht. Auf der anderen Seite bedeutet das, dass Sie genauso gut von Ihrem gegenüber enttäuscht werden können, wenn dieser sich nicht an die Abmachungen hält.

In einem der nächsten Kapitel werden wir genauer darauf eingehen, wie Sie es mit Erwartungen an andere halten sollten. Jetzt ist es für Sie jedoch erst einmal relevant, sich vor Augen zu führen, dass Sie auf Ihrem Weg zum Erfolg früher oder später auf andere Menschen angewiesen sein werden. Deshalb ist es generell nicht ratsam, sich komplett abzuschotten und nur noch auf sich selbst zu fokussieren. In entscheidenden Situationen auf dem Weg zum Erfolg können die Menschen um Sie herum zur hilfreichen Stütze werden, auf die Sie keinesfalls verzichten wollen. Die Balance des Gebens und Nehmens dient auch hier wieder Ihrer Orientierung.

Wir halten also fest, oft sind es Ihre eigenen Angewohnheiten, bzw. Ihre Einstellung, die Sie scheitern lassen. Es ist daher umso wichtiger, sich immer wieder bewusstzumachen, dass unser Verhalten und das, woran wir gewöhnt sind, eine entscheidende Rolle auf unserem Weg zum Erfolg spielen. Falsche Erwartungen und der Vergleich mit anderen sind Verhaltensweisen, die auf Dauer unser Selbstbewusstsein beeinflussen und uns früher oder später scheitern lassen. Sie rufen Selbstzweifel hervor, sodass Sie Ihre eigene Person und Ihre Fähigkeiten infrage stellen. **Was wir selbst als Fehlschlag empfinden**, sind oft nur enttäuschte Hoffnungen und Erwartungen. Wenn Sie also lernen, die Aufgaben in Ihrem Leben anders anzugehen und sich von den falschen Erwartungshaltungen lösen, werden Sie einen Großteil Ihrer unerwünschten, negativen Gedanken vermeiden können.

Selbstwert: Der Schlüssel zum Erfolg

Eine der Schlüsselkomponenten des positiven Denkens ist Ihr eigenes Selbstwertgefühl. Es steht in einer direkten Relation zu Ihren Gedanken. Ist Ihr Denken größtenteils von Negativität geprägt, wird sich dies auch negativ auf Ihr Selbstbewusstsein und schlussendlich auf Ihr Selbstwertgefühl auswirken.

Etablieren Sie jedoch eine positive Denkweise, wird dies Ihr Vertrauen in sich selbst erheblich steigern. Wird Ihr Selbstwert durch einen Rückschlag in Ihrem Leben negativ beeinflusst, wirkt sich dies auch auf Ihre Gedanken aus, die mit größter Wahrscheinlichkeit eher von Pessimismus erfüllt sein werden. Umgekehrt führt eine Steigerung Ihres Selbstvertrauens oft zu Glücksgefühlen und einer vermehrt positiven Sicht auf die Dinge.

Viele Menschen sind sich oft nicht im Klaren, was der Begriff „Selbstbewusstsein" überhaupt bedeutet. Wir sprechen in der Umgangssprache oft von selbstbewussten Menschen, wenn diese sich extrovertiert verhalten, den ersten Schritt wagen, sich in Führungspositionen befinden und nicht davor zurückschrecken, Ihre Meinung öffentlich kundzutun.

Selbstbewusstsein im eigentlichen Sinne bedeutet dagegen, wie es der Name schon sagt, sich seiner eigenen Person als denkender Mensch, seinem Wert und seinen Fähigkeiten bewusst zu sein.

Das Wort „Selbstwert“ hingegen beschreibt die Bewertung, die wir uns selbst als Mensch geben. Diese Bewertung wird oft durch den Vergleich mit anderen Personen aus unserem Alltag, den Medien und unserem sozialen Umfeld beeinflusst. Aus einem hohen Selbstwertgefühl entstehen oft Charakterzüge, wie ein selbstsicheres Auftreten und extrovertiertes Verhalten. Doch auch nach außen hin stille oder zurückhaltende Menschen können ein starkes Selbstwertgefühl besitzen.

Wir unterscheiden also zwischen dem Selbstbewusstsein, das eigentlich nur die Kenntnis über die eigene Existenz beschreibt und dem Selbstwertgefühl, das diese Kenntnis der Existenz in Relation zu anderen stellt. Dennoch sind Selbstbewusstsein und Selbstwert eng miteinander verknüpft. Die Balance aus Wahrnehmung und Reflexion beeinflusst nachhaltig unser Denken, Handeln und Auftreten. All diese Komponenten müssen berücksichtigt werden, um die Wertschätzung unserer eigenen Person zu stärken und uns selbst zu einer positiveren Einstellung zu verhelfen.

Der Schlüssel zum positiven Denken ist tatsächlich, sich selbst am Wichtigsten zu sein. Oft wird dies missverstanden. Sich selbst als Priorität zu setzen, hat nichts mit Arroganz oder Selbstverliebtheit zu tun. Es bedeutet schlicht und einfach, mehr Entscheidungen für sich selbst, die eigene Gesundheit und das Wohlbefinden zu treffen und sich dabei von den Zwängen der Gesellschaft und dem Druck, es jeder Person recht machen zu müssen, freizumachen.

Das Geheimnis für ein besseres Selbstwertgefühl ist, sich immer bewusst zu machen, dass kein Mensch perfekt ist oder je sein wird. Irren ist menschlich. Viele Menschen verzeihen sich selbst Fehltritte seltener, als sie es jemals mit Freunden und Familienmitgliedern tun würden. Seien Sie also nicht immer so hart zu sich selbst. Scheitern macht Sie nicht zu einem schlechteren Menschen, der weniger wert ist.

Negative Gefühle nach einem Fehltritt sind wichtig, um selbst zu erkennen, dass Sie einen Fehler begangen haben. Sie sollten allerdings nicht Ihre komplette Sicht auf sich selbst und Ihre Fähigkeiten verändern.

In solchen Fällen kann es oftmals hilfreich sein, sich von engen Freunden oder der Familie aufbauen zu lassen. Diese Menschen können Ihnen vor Augen führen, dass Sie trotzdem geliebt und wertgeschätzt werden. Nehmen Sie sich diese aufbauenden Worte zu Herzen oder schreiben Sie diese vielleicht sogar auf. Wenn Sie das nächste Mal von Selbstzweifeln heimgesucht werden, fällt es Ihnen dann umso leichter auf diese Worte zurückzugreifen.

Sich selbst wichtig zu sein bedeutet auch, sich von negativen Einflüssen aus Ihrem Umfeld zu distanzieren und aktiv Entscheidungen für sich selbst und Ihr eigenes Selbstbewusstsein zu treffen. Wie Sie ersteres erreichen, erfahren Sie im dritten Teil dieses Buches. Wichtig ist, dass Sie sich im Klaren darüber sind, wie sehr Ihr eigenes Wohlbefinden von Ihren Entscheidungen, die Sie für sich selbst treffen, abhängig ist. Wenn Sie immer nur Aufgaben für andere erledigen und sich auf deren Zufriedenheit fokussieren, kann es schnell passieren, dass Sie sich selbst verlieren oder sogar vergessen, auf sich selbst Acht zu geben. Seien Sie sich also selbst wichtig genug, sich Auszeiten zu gönnen, eine gesunde Ernährung, Bewegung und genügend Schlaf in Ihren Alltag zu integrieren und auch einfach mal Zeit und Geld nur in sich selbst zu investieren.

Überdenken Sie Ihre eigenen Entscheidungen und Handlungen. Nehmen Sie sich die Zeit, diese zu reflektieren und Ihre Prioritäten abzuwägen. Scheuen Sie nicht davor zurück, Ihren eigenen Vorteil aus getroffenen Entscheidungen zu kalkulieren. Nicht alle Handlungen können immer zu Ihrem eigenen Vorteil stattfinden, aber es ist dennoch keineswegs falsch, diesen zu erkennen und als Motivation zu nutzen. Wenn Sie beispielsweise bei einem Umzug helfen, ist dies eine Entscheidung, die Sie nicht unbedingt für sich selbst treffen. Jedoch kann Ihr Gewinn hierbei sein, die Freundschaft zu einer bestimmten Person zu stärken, auf ein Abendessen eingeladen zu werden oder gar dafür bezahlt zu werden, Hilfe geleistet zu haben.

Lösen Sie sich auch hier wieder von Vergleichen und Erwartungen, die Ihr Leben nur unnötig komplizierter und sogar negativer machen. Am Ende zählt es viel mehr, dass Sie mit sich selbst im Reinen sind und Freude daran haben, wer Sie sind und was Sie tun, als das, was andere über Sie denken. Machen Sie sich Ihrer selbst bewusst. Wer sind Sie? Was macht Sie aus? Was schätzen Sie selbst an sich? Und, falls Ihnen die letzte Frage schwerfällt, was schätzen andere Menschen an Ihnen? Selbstwert resultiert aus Selbstbewusstsein. Nur wenn Sie Ihre eigenen Qualitäten und Fähigkeiten kennen und einzusetzen wissen, können Sie lernen, diese zu schätzen.

Dies bedeutet nicht, nie wieder etwas Neues dazuzulernen oder sich weiterzuentwickeln, weil man nun vollkommen mit sich zufrieden ist. Es schließt vielmehr ein, sich selbst gegenüber keine negativen Gefühle, Enttäuschung oder Selbsthass zuzulassen, sondern sich selbst lieben zu lernen bis zu dem Punkt, an dem Ihnen Ihr eignes Wohlbefinden so wichtig ist, dass Sie sich in jedem Fall weiterentwickeln möchten.

Denn Weiterentwicklung bedeutet Selbstoptimierung auf einer gesunden Ebene, auf der Sie selbst negative Angewohnheiten identifizieren und diese durch bessere Gewohnheiten ersetzen können. Ihre Motivation entsteht hierbei von innen heraus und gibt Ihnen den nötigen Auftrieb, nach dem Sie so lange gesucht haben.

Selbstwert ist also nicht nur der Schlüssel zu einer positiven Denkweise, sondern auch zu einem selbstsichereren Auftreten, mehr Motivation und schlussendlich Ihrem Erfolg. Schrecken Sie also nicht davor zurück, an Ihrem Selbstbewusstsein und Selbstwertgefühl zu arbeiten, weil es die Gesellschaft oft mit Arroganz, Selbstverliebtheit und Überheblichkeit gleichsetzt oder verwechselt. Viel eher lernen Sie, sich von diesen Zwängen und Erwartungen zu lösen. Denken Sie nicht andauernd darüber nach, was andere von Ihnen denken könnten. *Gehen Sie Ihren eigenen Weg.*

5 einfache Strategien, mit Rückschlägen umzugehen

Nun wird es Zeit für eine konkrete Anleitung, wie Sie die beschriebenen Methoden in die Tat umsetzen können. Dieses Kapitel ist ein Leitfaden, um negative Gedanken loszuwerden. Es bedarf dabei nur fünf Schritte, um den richtigen Umgang mit Rückschlägen und negativen Ereignissen zu erlernen.

Es erfordert jedoch einiges an Übung, um die beschriebenen Methoden zur Gewohnheit werden zu lassen. Vergessen Sie also nicht, sich diese Schritte immer und immer wieder ins Gedächtnis zu rufen und sie anzuwenden, sobald sich eine entsprechende Situation ergibt.

Seien Sie auf Rückschläge gefasst. Wir haben im vorherigen Kapitel von gewissen Erwartungshaltungen gesprochen, die uns früher oder später enttäuschen werden. Keiner kann Ihnen garantieren, nie wieder negative Gedanken oder Selbstzweifel zu verspüren, sogar wenn Sie es schaffen, eine positive Denkweise als festen Bestandteil Ihres Lebens zu etablieren. Genauso verhält es sich mit Rückschlägen. Sie werden früher oder später auftreten, unabhängig davon, wie erfolgreich Sie sind. Viele erfolgreiche Menschen hatten selbst oft mit Rückschlägen zu kämpfen, bevor sie ihren endgültigen Durchbruch erzielten.

Walt Disney erhielt eine Kündigung von einem Zeitungsherausgeber aufgrund mangelnder Kreativität und Fantasie. Daraufhin gründete er sein eigenes Zeichenstudio und wurde mit seinen Cartoons rund um Mickey Mouse und Donald Duck weltberühmt.

Ein anderes Beispiel ist Thomas Edison, der Erfinder der Glühbirne. Er hatte, so soll er selbst gesagt haben, über 6.000 Wege gefunden, wie eine Glühbirne nicht funktioniert, bevor im wahrsten Sinne des Wortes, endlich ein Licht aufging.

Fakt ist: Wir alle scheitern, der eine mehr, der andere weniger. Doch genau diese Rückschläge sind notwendig, um mit neuer Energie und neuer Motivation frisch anzusetzen. Wer ohne Rückschläge zum Erfolg gelangt, wird dort nicht lange verweilen, denn es sind gerade die negativen Ereignisse, die uns wichtige Lektionen des Lebens lehren und uns stärker machen.

Deshalb ist es so wichtig, die eigene, innere Einstellung zu verändern, Fehlschläge zu erwarten und sie viel mehr als Lektion anzusehen als ein negatives Geschehnis. Es hilft, diese Lektionen als Herausforderung oder Hürde des Lebens anzusehen. Bezwingen Sie diese, haben Sie umso mehr Grund, stolz auf sich selbst und Ihre eigene Leistung zu sein.

Im Folgenden werde ich Ihnen nun die bereits erwähnten fünf Strategien vorstellen, um mit Rückschlägen umzugehen:

Akzeptieren Sie die Situation.

Im ersten Kapitel haben wir uns ausgiebig mit dem Nummer-1-Geheimnis zum positiven Denken beschäftigt: die Akzeptanz. Wenn Sie nun also den ersten Schritt befolgen und Ihre Erwartungshaltung anpassen, wird es Ihnen umso leichter fallen, Akzeptanz anzuwenden und zu verinnerlichen. Vor allem, wenn Sie das Erlernte über Ihr

Selbstwertgefühl in Betracht ziehen, werden Sie schnell merken, wie wichtig die Akzeptanz ist.

Beschäftigen Sie sich zu viel mit den Problemen in Ihren Gedanken, werden Sie schnell darin gefangen sein, was sich wiederum auf Ihre Stimmung und Ihr allgemeines Wohlbefinden auswirkt. Stellen wir uns also aktiv gegen die Akzeptanz von Situationen, Problemen oder gar Personen, verlängern wir nur unsere innere Unruhe und Unwohlsein. Denn der Moment, in dem diese Gefühle verschwinden, ist genau der, in dem wir anfangen zu akzeptieren.

Wie genau der Prozess des Akzeptierens verläuft, wurde bereits im ersten Kapitel dieses Buches beschrieben. Es ist ratsam, sich hier die 3 Schritte der Ereignisverarbeitung noch einmal ins Gedächtnis zu rufen:

„Es ist passiert, ich kann es nicht mehr ändern.

„Es ist passiert, ich kann es nicht mehr ändern. Was nun?"

„Es ist passiert und ich kann es nicht mehr ändern. Aber lässt sich möglicherweise etwas Positives daraus ziehen?"

Diese Grundsätze sind der einfachste und sicherste Weg, mit Rückschlägen und negativen Situationen umzugehen und dienen Ihnen als "Erste Hilfe", um nicht von Ihren Emotionen überwältigt und kontrolliert zu werden. Auch hier spielt die Reflexion Ihrer eigenen Person, Ihres Handelns und des eigentlichen Problems eine entscheidende Rolle. Dies wird Sie davor schützen, Ihren Selbstwert infrage zu stellen und an der Situation zu verzweifeln. Hilfreich ist auch, sich das folgende Zitat von Reinhard Niebuhr ins Gedächtnis zu rufen:

„Gott, gib mir die Gelassenheit, Dinge hinzunehmen, die ich nicht ändern kann, den Mut, Dinge zu ändern, die ich ändern kann, und die Weisheit, das eine vom anderen zu unterscheiden.“

Machen Sie sich bewusst, was in Ihrer Macht steht und was schlichtweg unmöglich zu ändern ist, egal wieviel Zeit und Aufwand Sie investieren. Sie werden schnell merken, wie Ihnen einiges an Zeit erspart bleibt. Zu viele Menschen fokussieren sich auf genau diese, viel zu unwichtigen Dinge, nur um sich selbst ihre eigene Macht zu beweisen. Sie wollen alles kontrollieren, aber vergessen, dass sich schlichtweg nicht alles ihrer Kontrolle unterwerfen lässt.

"Now what?" Nach der Akzeptanz folgt die Neuorientierung.

Hier ist es umso wichtiger, dass Sie den ersten Schritt sorgsam und vollständig abgeschlossen haben. Es wird Ihnen nichts nützen, sich selbst einzureden, dass Sie die Situation akzeptiert haben, wenn Sie sich dabei nur etwas vormachen. Nehmen Sie sich also Zeit, so lange es auch dauern mag, Herr Ihrer Gefühle zu werden und wirklich bereit für den nächsten Schritt zu sein.

Die "Now-What"-Strategie dient besonders zwei Lösungsansätzen. Erstens, Sie nehmen Abstand von der eigentlichen Situation, um beurteilen zu können, wie schwerwiegend das Problem ist und welche Folgen sich daraus ergeben. Dabei fokussieren Sie sich darauf, einen neutralen Standpunkt einzunehmen. Dabei können Sie z.B. auch hinterfragen, wie die Menschen aus Ihrem Umfeld die Situation beurteilen würden. Versuchen Sie sich von Gefühlen und der Beziehung zu der Situation freizumachen und beantworten Sie sich selbst die folgenden Fragen:

Wie groß ist das Problem, bzw. der Schaden, den das Problem anrichtet? Und: Würden andere Menschen das genauso beurteilen

Wie sehr ist meine Zukunft und mein zukünftiges Handeln davon abhängig?

Werden die Folgen mich in einer Woche, einem Jahr oder gar in fünf Jahren noch beeinflussen? Wenn nicht, ist es überhaupt notwendig, wertvolle Zeit und Energie dafür aufzubringen?

Sie werden schnell merken, dass Ihnen dieser neutrale Standpunkt helfen wird, eine ganz andere Sicht auf die Situation zu erhalten, in der diese gleich weitaus weniger ausweglos erscheint.

Der zweite Lösungsansatz der "Now-What" Strategie ist, das Problem vollständig beiseite zu schieben und für einen Moment komplett zu ignorieren. Dies dient dazu, einmal komplett durchzuatmen, sodass Sie sich vollständig auf Ihre nächsten Schritte und Handlungen fokussieren können.

Legen Sie also alles Vergangene beiseite und konzentrieren Sie sich nur auf die Zukunft. Stellen Sie sich die folgenden Fragen:

- Was habe ich aus der Situation gelernt?
- Was werde ich beim nächsten Mal anders machen?
- Welche positiven Auswirkungen hat die Situation nun für mich?
- Welche neuen Türen öffnen sich dadurch?
- Was kann ich nun tun, damit ich diesen Tag trotzdem mit einem Lächeln beenden kann?

In vielen Fällen kann dieser Weg sinnvoll sein, da er Sie davon abhält, sich in Ihren negativen Gedanken zu verlieren, ohne wirklich voranzukommen. Stillstand ist in diesem Fall sehr bedenklich, da Sie dadurch weder die Situation akzeptieren noch das Problem verarbeiten oder Lösungen für die Zukunft überdenken.

Finden Sie für sich selbst heraus, welche "Now-What"-Strategie Ihnen mehr zusagt und auch, in welchen Situationen entweder der problemorientierte oder der zukunftsorientierte Lösungsweg angebrachter ist.

„Was würde Jesus tun?"

Diese Strategie ist ein weiterer Lösungsansatz aus einer komplett anderen Perspektive. Er baut nicht unbedingt auf den ersten drei Schritten auf, ist aber nicht weniger hilfreich. Wie bereits zuvor angesprochen, sollten Sie sich nur in den seltensten Fällen mit anderen Menschen vergleichen. Es gibt hierbei eine Ausnahme. Vielleicht haben auch Sie ein Idol oder eine inspirierende Person, zu der Sie aufschauen? Einen Vater vielleicht, der Probleme immer im Handumdrehen zu lösen scheint? Oder eine Freundin, die nichts aus der Ruhe bringt? Genau diese Vorbilder werden Ihnen hier helfen.

Führen Sie sich vor Augen, wie diese inspirierende Person mit dem Problem umgehen würde. Welchen Lösungsweg würde sie wählen? Würde sie sich verrückt machen lassen und am Problem verzweifeln? Was würde gerade diese Person Ihnen raten, wenn Sie sie um Hilfe bitten?

Sicherlich werden Sie diese Fragen blitzschnell beantworten können. Nutzen Sie diese Inspiration und überdenken Sie Ihre eigenen Handlungen. Es heißt nicht automatisch, dass Sie alles genau so angehen sollen oder sich gar 1:1 mit Ihrem Idol vergleichen sollten. Dennoch kann gerade diese externe Motivation der richtige Auslöser für Ihre eigene, interne Motivation sein und Sie in die Lage versetzen lösungsorientiert und zuversichtlich an die Situation heranzugehen.

Zeigen Sie Dankbarkeit.

Eine Strategie mit Rückschlägen umzugehen, die auf dem ersten Blick paradox erscheinen mag, ist die der *Dankbarkeit*. Sie ist maßgeblich an einer positiven Denkweise beteiligt und soll in den folgenden Kapiteln noch näher ausgeführt werden. Jetzt geht es erst einmal darum, wie Sie diese effektiv nach einem Rückschlag anwenden können.

Befinden Sie sich in einer dieser Situationen, in denen negative Gedanken und Enttäuschung die Oberhand gewinnen, dann treten Sie einfach einmal einen Schritt zurück und machen sich bewusst, wofür im Leben Sie wirklich dankbar sind. Sie haben wahrscheinlich ein Dach über dem Kopf, einen Job, der Sie ernährt, eine Familie, die Sie liebt und vieles mehr. Gerade in Momenten, in denen die Trauer oder negative Gedanken aufgrund von Rückschlägen überwiegen, sollten Sie sich bewusst machen, dass nicht alles schlecht ist in Ihrem Leben. Es gibt so viel mehr, für das Sie dankbar sein können. Nicht jeder Mensch ist gleichermaßen privilegiert, weshalb es unheimlich wichtig ist, dankbar für das im Leben zu sein, was man hat.

Dabei zählen nicht nur die materiellen Dinge, sondern auch Attribute, Charakterzüge, Eigenschaften und die Mitmenschen um Sie herum. So können Sie beispielsweise dankbar für Ihre eigene, innere Ruhe sein, mit der Sie die Situation angehen, das Verständnis, dass Ihnen Ihr Partner entgegenbringt, die Unterstützung, die Sie von Ihren Kollegen erhalten oder das Vertrauen, das Ihr Chef in Sie hat.

Versuchen Sie, sich auf Ihre Umgebung und Ihre Mitmenschen zu konzentrieren und auf Ereignisse, aus denen Sie positive Kraft und Energie schöpfen können. Seien Sie auch für die kleinen Dinge im Leben dankbar. Vielleicht scheint für Sie heute die Sonne, Sie dürfen zeitiger in den Feierabend gehen oder Ihnen hat jemand ein nettes Kompliment gemacht. Lernen Sie, genau diese Kleinigkeiten wertzuschätzen. Es wird Sie auf Ihrem Weg zu positiven Gedanken erheblich voranbringen.

Selfcare.

Wie Sie bereits erfahren haben, ist Ihr Selbstwert entscheidend und ausschlaggebend auf Ihrem Weg zum Erfolg. Selfcare, also etwas Gutes für sich selbst zu tun, kann besonders hilfreich sein, um sich und

Ihren Selbstwert vor den eigenen Zweifeln und negativen Gedanken zu schützen. Gönnen Sie sich also eine Auszeit und tun Sie etwas Gutes für sich. Gehen Sie raus an die frische Luft, lesen Sie ein gutes Buch oder tanzen Sie einfach einmal zu Ihrer Lieblingsmusik. Machen Sie sich bewusst, dass Sie selbst sich wertschätzen und die wichtigste Person in Ihrem Leben sind.

Sie sollten dringend vermeiden, dass ein negatives Ereignis oder eine schlechte Erfahrung Ihr Selbstwertgefühl infrage stellt und Sie an Ihren eigenen Fähigkeiten zweifeln lässt. Aktiv etwas Gutes für sich selbst zu tun, kann Ihnen dabei helfen, sich von negativen Gedanken und Selbstzweifeln zu lösen. Denn wie wir in diesem Buch bereits gelernt haben, ziehen uns Selbstzweifel nur tiefer in die Spirale der negativen Gedanken und helfen uns nicht wirklich, das Problem an sich zu verarbeiten. Warum also Zeit dafür verschwenden, wenn wir diese viel eher für die Investition in uns selbst nutzen können?

Selfcare zu betreiben ist also nichts anderes, als in sich selbst zu investieren. Gute Taten für uns selbst müssen nicht immer nur Belohnungen nach Erfolgserlebnissen sein. Sie dürfen genauso gut nach einem Rückschlag etwas für sich selbst tun, um sich wieder aufzurappeln, an sich zu glauben und motivierende Pläne für die Zukunft zu schmieden. Vielleicht fällt Ihnen gerade bei einem entspannenden Spaziergang, einer Runde Sport oder einem erholsamen Bad die Lösung ein, nach der Sie so lange gesucht haben.

Sie investieren also Zeit und Aufwand in sich und Ihre Regeneration von einem Rückschlag und helfen sich hierdurch selbst, wieder auf die Beine zu kommen und Ihre Probleme anzupacken. Reden Sie sich nicht ein, Sie hätten diese guten Taten nicht verdient. Fehltritte oder negative Ereignisse dürfen Sie niemals derart beeinflussen.

Ein Rückschlag ist und bleibt einfach nur ein negatives Ereignis. Wichtig ist, was Sie daraus machen und wie Sie mit der Situation umgehen. In den meisten Fällen sind es nicht die Misserfolge, die den eigentlichen Schaden anrichten, sondern Ihre Erwartungen, die enttäuscht werden oder aber Ihr resultierendes Verhalten, welches die Situation viel schlimmer macht, als Sie eigentlich ist.

Geben Sie sich auch hier wieder Zeit und Raum, die erlernten Schritte zu verinnerlichen und angemessen umzusetzen. Denn nicht umsonst heißt es im Volksmund: “Übung macht den Meister”.

Wenn negative Ereignisse sich häufen

Sie haben angefangen, positives Denken in Ihr Leben zu integrieren. Sie sind bemüht, die Schritte und Strategien der Ereignisverarbeitung anzuwenden. Sie zeigen alle nötige Motivation und den entsprechenden Aufwand. Und doch scheint es, als seien Sie vom Pech verfolgt. Die negativen Ereignisse häufen sich und Ihnen fällt es schwer, das Positive in den jeweiligen Situationen zu erkennen. Also, was tun?

In diesen Fällen hilft es besonders, die einzelnen Ereignisse erst einmal genauer zu betrachten. Nehmen Sie sich hierfür ruhig einen Zettel und Stift zur Hand und schreiben Sie alle Ereignisse auf, die Ihnen am jeweiligen Tag oder in einem bestimmten Zeitraum zugestoßen sind. Betrachten Sie nun einmal von dieser Perspektive aus, wie viele Ereignisse es tatsächlich sind. In den meisten Fällen fühlt es sich schon nach drei oder vier, mehr oder weniger negativen Ereignissen oder unglücklichen Umständen so an, als seien wir vom Pech verfolgt. Unsere Gedanken spielen uns hier einen Streich, der uns sehr leicht in die Spirale aus negativen Gedanken ziehen kann. Analysieren Sie also erst einmal, wie vielen Problemen Sie tatsächlich gegenüberstehen, bevor Sie sich um deren Lösung kümmern.

Als Nächstes teilen Sie die Situationen in verschiedene Kategorien ein. Hier bietet es sich zum Beispiel an, verschiedenfarbige Stifte zu verwenden. Ein "grünes" Problem kann eine Situation sein, die sich von selbst löst, nicht mehr ändern lässt oder nur geringen Aufwand zur Lösung bedarf. Dies können zum Beispiel kleinere Fehler sein, die Ihnen am Arbeitsplatz passieren, Dinge, die Sie vergessen haben zu besorgen oder einzureichen oder auch sonstige Missgeschicke, die

Ihnen tagein und tagaus passieren können. Verschwenden Sie keine Energie für Situationen, die Sie nicht mehr ändern können oder gar die kleineren "Problemchen", die sich von selbst lösen.

Markieren Sie nun „gelbe" Situationen, welche ein größeres Hindernis darstellen, sich jedoch mit etwas Aufwand beheben lassen. Dieser Aufwand kann zum Beispiel Hilfe sein, die Sie in Anspruch nehmen müssen oder zusätzliche zeitliche Investition, die nötig ist, um das Problem in den Griff zu bekommen. Diesen Situationen sollten Sie zwar genügend Aufmerksamkeit entgegenbringen und sie keinesfalls ignorieren, jedoch wollen Sie sich an diesen nicht zu sehr festbeißen und gar wertvolle Zeit und Energie verschwenden. Es handelt sich schlussendlich immer noch um Situationen, die zwar erhöhten Aufwand erfordern, Sie jedoch keinesfalls Tage oder Wochen einspannen oder Ihnen Ihren Schlaf rauben müssen. Finden Sie die Balance, bzw. das richtige Mittelmaß und sparen Sie sich den Großteil Ihrer Kräfte für die nächste Kategorie.

Diese umfasst die Probleme, die Sie mit einem „roten" Stift umkreisen, denn diese Situationen sind Ihre tatsächlichen Probleme. Wir sprechen hier von den wirklichen Rückschlägen und negativen Ereignissen, für die Sie den Großteil Ihrer Zeit und Energie aufwenden sollten. Hierbei empfiehlt es sich, die im letzten Kapitel beschriebenen Schritte der Ereignisverarbeitung anzuwenden, um die erfassten Rückschläge und Probleme nach und nach zu bewältigen und zu verarbeiten.

In den meisten Fällen sind nur wenige oder vielleicht sogar gar keine Ihrer aufgeschriebenen Situationen so gravierend, dass Sie sie rot umkreisen. Denn wenn Sie ehrlich zu sich selbst sind und diesen

Schritte mit Bedacht ausführen, so werden Sie feststellen, dass die negativen Ereignisse, die sich zu häufen scheinen, eigentlich gar nicht von zu großer Bedeutung sind. Wenn wir also das Gefühl bekommen, dass nichts in unserem Leben mehr richtig zu laufen scheint, ist es oft nur eine falsche und übersensible Wahrnehmung unserer Umgebung. Viele kleine "Problemchen" erscheinen schnell und oft viel größer und intensiver als sie eigentlich sind. Auch hier bietet es sich wieder an, einen Schritt zurückzutreten, um sich ein besseres Bild von der Gesamtsituation zu machen.

Ihre Aufzeichnungen zeigen dann bestenfalls mehr als die Hälfte grün markierte Situationen, mehrere gelbe Probleme und nur sehr wenig rote, "wirkliche Probleme". Sollten Sie sich doch einmal mit einer Mehrzahl von roten Problemen konfrontiert sehen, überdenken Sie noch einmal die Priorität, die Sie diesen Ereignissen zusprechen und die Akzeptanz, die Sie der Situation bereits entgegengebracht haben. Ist die Situation wirklich Ihre Schuld? Hätte man sie vermeiden können? Handelt es sich um den Verlust materieller Gegenstände?

Machen Sie sich auch hier bewusst, dass solche Umstände jedem Menschen passieren, auch wenn Sie davon oft nichts mitbekommen. Oft ordnen wir beispielsweise den Verlust oder Schaden materieller Gegenstände als desaströs ein. Angenommen, Ihr Geschirrspüler und Ihre Waschmaschine geben zeitgleich den Geist auf und Sie sind verpflichtet, sich gleich zwei neue Haushaltsgeräte anzuschaffen. Dies ist zwar unglücklich und Sie müssen zusätzlichen Aufwand in Kauf nehmen, sich auf die Suche nach Angeboten zu machen, um eine möglichst geldsparende Lösung zu finden. Jedoch steht es nicht in

Ihrer Macht, solche Situationen zu verhindern. Sie werden auftreten, egal wie pfleglich Sie auch mit Ihren Geräten umgehen.

Das Wichtigste ist also, was Sie daraus machen. Stellen Sie sich der Situation, akzeptieren Sie diese und suchen Sie nach einem effizienten Lösungsweg, anstatt sich mit der Frage zu beschäftigen, warum dies gerade Ihnen passiert. Akzeptanz ist nach wie vor Ihr Schlüssel zu einer positiven Denkweise und der schnellste und einfachste Weg, um sich von Ihren negativen Gedanken zu lösen. Sie wird Ihnen helfen, Ihre Probleme aus einem anderen Blickwinkel zu betrachten, der dann schon bald nicht mehr so ausweglos erscheint.

Nachdem wir in der ersten Hälfte dieses Buches vor allem den Grundstein für eine positive Denkweise gelegt haben, geht es in diesem Kapitel nun hauptsächlich darum, positives Denken gekonnt in die Praxis umzusetzen. Schritt für Schritt erlernen Sie, erfolgsversprechende Methoden, Anwendungen und Strategien, die Sie in Ihrem Alltag integrieren können. Profitieren Sie von den Weisheiten angesehener Psychologen und erfolgreicher Persönlichkeiten, wie z.B. Oprah Winfrey, die Ihr Leben grundlegend verändern werden.

Negative Quellen identifizieren

Ihr Denken und Ihr Wohlbefinden werden oft von sowohl inneren als auch äußeren Faktoren beeinflusst oder sind davon sogar abhängig. Wir haben bereits geklärt, dass Ihnen äußere, positive Faktoren und Motivation manchmal den richtigen Anstoß geben können.

Es bedarf jedoch auch immer genügend innerer Motivation, um den Stein ultimativ ins Rollen zu bringen. Dies gilt auch für den umgekehrten Fall: Egal wie groß Ihre innere Motivation auch ist. Wenn Sie negativ denkende Personen in Ihrem Umfeld haben, die Sie in Ihrem Denken und Handeln beeinflussen, dann kann es schnell vorkommen, dass auch Sie von Ihrem zielgerichteten Weg abkommen und sich nachteilig beeinflussen lassen.

Umso wichtiger ist es deshalb, negative Quellen in Ihrem Umfeld zu identifizieren und sich über ihr jeweiliges Ausmaß im Klaren zu werden.

Diese lassen sich in folgende Kategorien einteilen:

Angewohnheiten und Erwartungen

Wie bereits im vorherigen Kapitel beschrieben wurde, werden Ihre Stimmung und Gedanken durch Ihre Erwartungshaltung, Ihre Einstellung und Ihre täglichen Gewohnheiten beeinflusst. Man könnte hier auch von internen, negativen Quellen sprechen.

Bevor Sie also nach negativen Ursachen in Ihrem Umfeld suchen, befassen Sie sich mit sich selbst. Versuchen Sie Ihr Verhalten zu analysieren, zu reflektieren und versetzen Sie sich schlussendlich auch in die Lage anderer Personen und wie diese Sie betrachten würden. Nehmen Sie sich die hilfreichen Hinweise des Kapitels "Was Sie wirklich scheitern lässt" zu Herzen und fokussieren Sie sich zunächst darauf, die internen, negativen Quellen in den Griff zu bekommen. Die Ursache des Problems liegt oft bei uns, auch wenn wir uns dies nur selten eingestehen wollen.

Mitmenschen, die einen negativen Einfluss ausüben

Die Hauptursache externer, negativer Einflüsse ist Ihr Umfeld. Dies muss nicht immer bedeuten, dass diese Menschen Sie zu schlechten Entscheidungen verleiten oder gar einen negativen Einfluss auf Sie haben. Jedoch können negatives Denken und Selbstzweifel ansteckend sein.

Vor allem, wenn sich diese latent in Ihr Denken einschleichen, übernehmen Sie schnell und unbewusst schlechte Gewohnheiten anderer Menschen und verinnerlichen diese, ohne darauf bewusst Einfluss zu haben. Wenn zum Beispiel einer Ihrer Kollegen durchgehend davon spricht, dass Sie es sowieso nicht schaffen, dass andere Firmen viel erfolgreicher sind oder dieser sich vielleicht sogar als unterqualifiziert bezeichnet, kann es hart für Sie sein, die positive Stimmung aufrecht zu erhalten und sich von diesen Worten und Gedanken nicht anstecken zu lassen.

Befinden sich also Menschen in Ihrem Umfeld, die konstant an sich selbst, der Gesellschaft und ihrem Leben zweifeln und immerzu negative Energie versprühen, kann es ratsam sein, sich von diesen Personen zu distanzieren. Hinterfragen Sie, mit welchen Personen Sie Ihre wertvolle Zeit verbringen möchten, wer Ihnen wirklich guttut und wer Sie auf Ihrem Weg zum Erfolg unterstützt. Sicherlich ist es nicht immer möglich, all diese Personen gänzlich aus Ihrem Leben zu streichen und gerade am Arbeitsplatz sind Sie oft gezwungen, mit Kollegen zu kooperieren, unabhängig davon, ob Sie einander mögen oder nicht.

In diesem Fall können Sie überlegen, ob es Ihnen möglich ist, an einen anderen Schreibtisch oder in ein anderes Büro zu ziehen oder auch zu weiteren Hilfsmitteln, wie z.B. Kopfhörern, zu greifen, um sich voll und ganz auf sich selbst und Ihre Arbeit konzentrieren zu können.

Ist letzteres **nicht** der Fall, so bleibt Ihnen einzig und allein die Maßnahme, die negativen Energien anderer auszublenden. Machen Sie sich bewusst, wie wichtig es ist, sich nicht von Ihrem eigenen Weg abbringen zu lassen. Fokussieren Sie sich auf sich, Ihre Fähigkeiten, positive Ereignisse und Rückmeldungen, die sich vielleicht für Sie heute ergeben haben. Lernen Sie sich von Mitmenschen mit einer negativen Aura zu distanzieren. Stellen Sie sich bildlich vor, wie Sie all diese negativen Gedanken und Äußerungen, Selbstzweifel und Kritiken von sich wegschieben und sich davon lösen. Distanzieren Sie sich aktiv von diesen negativen Einflüssen und befreien Sie sich von der einhergehenden Schwere dieser Gedanken. Nur so können Sie vermeiden, dass die negativen Energien anderer Sie beeinflussen und Sie von Ihrem Weg zum Erfolg abbringen.

Ist letzteres nicht der Fall, so bleibt Ihnen einzig und allein die Maßnahme, die negativen Energien anderer auszublenden. Machen Sie sich bewusst, wie wichtig es ist, sich nicht von Ihrem eigenen Weg abbringen zu lassen. Fokussieren Sie sich auf sich, Ihre Fähigkeiten und positive Ereignisse und Rückmeldungen, die sich vielleicht für Sie heute ergeben haben.

Lernen Sie sich von Mitmenschen mit einer negativen Aura zu distanzieren. Stellen Sie sich bildlich in Ihrem Kopf vor, wie Sie all diese negativen Gedanken und Äußerungen, Selbstzweifel und Kritiken von sich wegzuschieben und davon lösen, wie Sie sich aktiv von ihnen distanzieren und sich von der einhergehenden Schwere der Gedanken befreien. Nur so können Sie vermeiden, dass die negativen Energien Anderer Sie beeinflussen und Sie von Ihrem Weg zum Erfolg abbringen.

Medien und gesellschaftliche Normen

Auch hier sprechen wir wieder von externen, negativen Einflüssen, die uns das Leben schwer machen können. Medien wie das Fernsehen oder auch Social Media Plattformen wie Facebook, Instagram und Co. geben uns oft vor, dass Attribute wie schön, schlank, reich und erfolgreich sein den idealen Menschen ausmachen.

Es ist sogar wissenschaftlich erwiesen, dass genau dieser mediale Druck uns krank macht und sowohl unsere Selbstwahrnehmung als auch unser Empfinden für unsere Mitmenschen negativ beeinflusst. Tagein und tagaus eifern viele Nutzer dieser Plattformen Idolen nach, die bei ihren Posts nicht nur diverse Bildbearbeitungsprogramme verwenden, sondern auch eine Ausnahme darstellen und nur einen winzig kleinen Teil der Bevölkerung wahrheitsgemäß wiederspiegeln.

Was Social Media nicht zeigt, ist das tatsächliche Leben dieser Stars, die selbstverständlich auch private Probleme haben, von denen die Benutzer der Apps niemals etwas mitbekommen werden. Auf diesen Plattformen begeben wir uns also in eine verzerrte Realität. Nur die wenigsten Menschen begreifen, welche Gefahren hiervon ausgehen.

Genauso verhält es sich mit gesellschaftlichen Normen und diversen Erwartungshaltungen des sozialen Umfelds an uns. Beenden wir das Abitur, wird von uns oft erwartet, direkt den nächsten Schritt zu gehen und uns an einer Universität einzuschreiben. Im Idealfall haben wir dann in drei Jahren unseren Studienabschluss, wissen danach genau, wo wir arbeiten wollen und haben noch vor unserem 30. Lebensjahr einen Ehepartner, Haus und Kinder. Doch genau dies ist nur noch in den seltensten Fällen umsetzbar.

Das 21. Jahrhundert ist geprägt von endlosen Möglichkeiten, die jeder gerne in Anspruch nehmen möchte. Wenn Sie sich also mit 40 oder 50 Jahren noch dazu entscheiden, einen komplett anderen, beruflichen Weg einzuschlagen, dann stehen Ihnen heutzutage alle Türen offen.

Lassen Sie sich nicht von den gesellschaftlichen Erwartungen unter Druck setzen und handeln Sie nach Ihren eigenen Maximen. Lösen Sie sich von dem Druck, den die Medien und die Gesellschaft auf Sie ausüben und eifern Sie Ihren Träumen und Zielen nach.

Die meisten erfolgreichen Menschen haben sich zu irgendeinem Zeitpunkt in ihrem Leben in genau derselben Situation befunden, in der Sie sich entscheiden mussten, gegen Erwartungen und Normen zu handeln oder sich diesen zu fügen und ihre Träume aufzugeben. Sie können sich mit Sicherheit denken, welchen Weg diese Menschen gewählt haben und welchen auch Sie einschlagen sollten.

Sagen Sie auch mal „Nein!“

Der wohl einfachste und schnellste Weg, sich effektiv von negativen Quellen zu lösen, ist zu lernen, „Nein“ zu sagen. In unserer Gesellschaft denken wir oft nur schwarz oder weiß, gut oder böse, negativ oder positiv oder eben ja oder nein. „Nein“ wird demnach immer mit etwas Schlechtem assoziiert, weil es eben das Gegenteil von Ja, also dem Guten, ist. Viele vergessen dabei, dass nein zu sagen auch bedeutet, sich von schlechten Einflüssen und Zwängen zu lösen. Wenn wir also in unserer positiven Denkweise das Wort „Ja” damit assoziieren, neue Gewohnheiten anzunehmen, effektive Schritte zu befolgen und völlig neue Gedanken zuzulassen, dann bedeutet das Wort „Nein” im Gegenteil dazu, dass wir nein zu schlechten Angewohnheiten sagen, uns von falschen Freunden verabschieden und Selbstzweifel gar nicht erst zulassen.

„Nein“ zu sagen hilft uns also dabei, zum Erfolg zu gelangen. Sie werden unter Garantie nicht an Ihre Ziele gelangen, wenn Sie nicht effektiv nein sagen können. Die Kunst des „Nein”-Sagens besteht darin, den Fokus auf das zu legen, was getan werden muss, um seine Ziele zu erreichen. Wenden Sie sich von allen internen und externen, negativen Quellen ab, die Sie Zeit und Energie rauben, Sie vom richtigen Weg abbringen und Ihr Wohlbefinden negativ beeinflussen. „Nein“ sagen bedeutet, sich Zeit für sich selbst zu nehmen und sich etwas Gutes zu gönnen, wenn Sie es brauchen.

Seien Sie mutig, auch einmal „Nein“ zu Verabredungen zu sagen, die Sie vielleicht nur aus Erwartung und Zwang eingegangen sind. Sagen Sie „Nein“, indem Sie nach der Arbeit Ihr Telefon ausschalten und einfach mal unerreichbar sind. Sagen Sie „Nein“, indem Sie ein

Buch lesen, das Sie geistig fordert, anstatt dem Drang zu verfallen, vor dem Fernseher oder Smartphone zu sitzen. Sagen Sie „Nein“ zu Dingen, die Ihnen den Schlaf rauben und Sie länger wachhalten als gut für Sie ist. Und sagen Sie ganz besonders „Nein“ in allen Situationen, in denen Ihr Wohlbefinden, Ihr Selbstwert, Ihr persönliches Glück und Ihr Erfolg auf dem Spiel stehen. Denn genau in diesen Momenten wird Sie die Kunst des „Nein“-Sagens auf den richtigen Weg führen.

Es geht auch hier wieder darum, eine Balance zu finden und im Einklang zu leben. Ob Sie ja oder nein sagen, wird entscheiden, welchen Weg Sie einschlagen und wie Ihre Zukunft verlaufen wird. Es bestimmt, wo Ihre Prioritäten liegen und was Ihnen wichtiger ist, der Moment oder die Zukunft. Dennoch liegt die Kunst darin, zu erkennen, was Ihnen nicht guttut und Sie von Ihrem persönlichen Glück trennt. Entscheiden Sie sich aktiv dazu, sich davon zu lösen und einfach einmal “Nein” zu sagen.

Oprah Winfrey's Dankbarkeitstagebuch

Wenn Sie nach einer einfachen, aber erfolgsversprechenden Methode suchen, wie Sie positives Denken alltäglich erlernen und anwenden können, dann ist Dankbarkeit die beste Strategie. Wie im letzten Kapitel beschrieben wurde, ist Dankbarkeit effektiv, um sich bewusstzumachen, wie gut man es im Leben wirklich hat und wie klein die Probleme tatsächlich sind, über die man sich täglich den Kopf zerbricht. Dankbarkeit hilft uns, den kleinen Dingen im Leben Beachtung zu schenken und diese wertzuschätzen. Sie ist eng mit dem Empfinden von Glück und Zufriedenheit verknüpft. Sie hilft uns, unsere Stimmung allgemein aufzubessern und aktiv das Positive in unserem Alltag und Leben zu suchen.

Die US-amerikanische Talkshow-Moderatorin und Schauspielerin Oprah Winfrey sieht die Dankbarkeit sogar als einen der wichtigsten Schritte zum Erfolg. Sie selbst wuchs in schwierigen Verhältnissen auf, ihre Kindheit und Jugend waren geprägt von Schicksalsschlägen und sogar Missbrauch. Dennoch gelang es ihr, ihre Träume zu verwirklichen und eine der erfolgreichsten Personen des öffentlichen Lebens im 20. und 21. Jahrhundert zu werden. Der Schlüssel zum Glück liegt für sie in der Dankbarkeit und einer effektiven Strategie, diese Tag für Tag anzuwenden: einem Dankbarkeitstagebuch.

Hierfür benötigen Sie ein einfaches Notizbuch und einen Stift, nicht mehr und nicht weniger. Jeden Abend notieren Sie sich fünf Dinge, für die Sie an diesem Tag dankbar sind. Achten Sie darauf, dass es genau fünf sind, nicht vier und nicht sechs, sondern jeden Tag genau fünf. Wie bedeutend oder unbedeutend diese Dinge auch sein mögen, das entscheiden Sie allein. Die Dinge, für die Sie dankbar sind, sollten bestmöglich für den jeweiligen Tag spezifisch sein. Denken Sie also nach, was Ihnen heute widerfahren ist, was Sie erlebt haben, wem Sie begegnet sind und was Sie erreicht haben. Nehmen Sie sich ausreichend Zeit, in sich zu gehen und lassen Sie den Tag vor Ihrem inneren Auge Revue passieren.

Sie können beispielsweise dankbar sein für nette Gesten Ihrer Freunde oder Kollegen, für die gemeinsame Zeit mit Ihrer Familie, für ein Projekt, dass Sie endlich fertiggestellt haben oder ein anderes, positives Ereignis, das Ihnen widerfahren ist. Vergessen Sie hierbei nicht, dass Sie auch dankbar für die kleinen Dinge sein können: Hat Sie jemand heute zum Lachen gebracht? Sind Sie über Ihren eigenen Schatten gesprungen? Haben Sie das Wetter heute genossen oder haben Sie sich selbst etwas Gutes getan? Sind Sie vielleicht dankbar für ein Kompliment oder nette Worte, die Ihnen jemand zuteilwerden ließ?

An manchen Tagen wird Ihnen diese Übung besonders leichtfallen und an anderen müssen Sie womöglich etwas länger über die positiven Ereignisse nachdenken, die der Tag für Sie bereitgehalten hat. In solchen schwierigen Momenten ist es ratsam, die kleinen Dinge zu finden, für die Sie dankbar sind, die andere Menschen wahrscheinlich übersehen würden. Genau dann entwickeln Sie das wahre Dankbarkeitsgefühl, also exakt in den Momenten, in denen sich andere Personen nur auf die negativen Erlebnisse des Tages fokussieren. Hier entwickeln Sie sich zu einem erfolgreichen Menschen, der sich von der Allgemeinheit abhebt.

Denken Sie daran, dass Sie diese Methode jeden Abend vor dem Schlafengehen anwenden. Sie wird Ihnen nicht nur helfen, positives Denken mit Hilfe von Dankbarkeit zu entwickeln, sondern auch dabei, das Smartphone beiseitezulegen und Ihre Gedanken und Emotionen zu bündeln und zu verarbeiten. Sie werden merken, dass gerade diese Methode Ihren Schlaf und vor allem Ihre innere Ruhe positiv beeinflussen wird, was wiederum einen enormen Effekt auf Ihr allgemeines Wohlbefinden hat.

Die durchgehend positiven Effekte der Dankbarkeit hat Oprah Winfrey im nachstehenden Zitat aussagekräftig zusammengefasst:

"Be thankful for what you have; you'll end up having more. If you concentrate on what you don't have, you will never, ever have enough."

(zu Deutsch: „Seien Sie dankbar für das, was Sie haben und Sie werden mehr erhalten. Wenn Sie sich nur darauf konzentrieren, was Sie nicht haben, dann werden Sie niemals wirklich genug haben.“)

Das Erfolgskonto

Das Erfolgskonto ist eine Methode, die ähnlich wie das Dankbarkeitstagebuch funktioniert, aber dennoch grundverschieden ist. Auch hier dürfen Sie sich wieder Zettel und Stift zur Hand nehmen, um Ihre Gedanken zu visualisieren und zu bündeln. Der beste Zeitpunkt des Tages, um diese Methode anzuwenden, ist wieder abends, kurz bevor Sie zu Bett gehen. Gerade während dieser Zeit finden Sie besonders gut Ihre innere Ruhe ohne Ablenkung durch äußere Faktoren. Ganz gleich, ob Sie die Übung auf einem Blatt Papier, in Ihrem Notizbuch oder einfach nur in Gedanken durchführen, ein Erfolgskonto anzulegen und in dieses Konto täglich einzuzahlen, wird nicht nur maßgeblich zu Ihrem Selbstwertgefühl beitragen, sondern auch ein riesiger Schritt zu einer positiveren Denkweise sein.

Doch wie genau funktioniert diese Methode nun eigentlich? Im Grunde genommen ist es ganz einfach: Alle positiven Erfolgserlebnisse Ihres Tages besitzen Wert, den Sie gesammelt auf Ihr Konto einzahlen. Je nach Bedeutung des Ereignisses oder Erfolgs akkumulieren Sie nun jeden Tag mehr oder weniger "Reichtum" auf Ihrem Konto. Jedoch zählen hierbei nur die positiven Ereignisse. Sehen Sie alles Negative als Spielgeld. Stellen Sie sich vor, Sie fahren zu Ihrer Bank und möchten bei einem Mitarbeiter Bargeld auf Ihr Konto einzahlen. Würde dieser Spielgeld annehmen und als reale Währung anerkennen? Mit Sicherheit nicht. Genauso verhält es sich mit Ihrem Erfolgskonto. Nur was "echten Wert" besitzt, also in Ihrem Fall positive Gedanken, hat eine Chance, auf Ihr Konto zu gelangen. Alles andere wird verworfen.

Ihr Konto wächst von Tag zu Tag. Jeden Abend müssen Sie etwas darauf einzahlen, um eines Tages von echten Ersparnissen reden zu können. Vielleicht können Sie sich von fünf Euro nicht die Welt kaufen. Wenn Sie jedoch jeden Tag fünf Euro beiseitelegen, also auf Ihr Konto einzahlen, so werden sich diese kleinen, fast unbedeutenden Beträge vermehren. Wer jeden Tag fünf Euro einzahlt, hat am Ende des Jahres schließlich 1.825 Euro erspart, ein Betrag, der gar nicht mehr so unbedeutend erscheint.

Sie sammeln also Ihre Erfolgserlebnisse jeden Tag und zahlen Sie auf Ihr Konto ein für die - wortwörtlich - schlechten Zeiten. Wenn Sie sich das nächste Mal mit einer schwierigen Situation konfrontiert sehen, an sich selbst zweifeln, einen Rückschlag erleben oder einfach nur einen dieser schlechten Tage haben, dann greifen Sie auf Ihr Konto zurück. Heben Sie ab, was nötig ist, um die selbstzweifelnden Stimmen und negativen Gedanken aus Ihrem Kopf zu verbannen. Erinnern Sie sich an all die Erfolgserlebnisse, die Sie mühsam gesammelt und erspart haben. Genau deshalb ist es so wichtig, jeden Tag wenigstens einen kleinen Betrag einzuzahlen, damit Sie in solchen Momenten nicht mit leeren Händen dastehen.

Sammeln Sie alle erfolgreichen Momente und verzeichnen Sie diese am besten zusätzlich in einem Erfolgskontoauszug, um Ihren eigenen Erfolg zu erkennen. Ertränken Sie negative Gedanken und Selbstzweifel hiermit. Alles, was Sie sich so hart erarbeitet haben, sammeln Sie an und greifen später darauf zurück. Alles andere, was Sie herunterzieht und negativ beeinflusst, verwerfen Sie tagtäglich. Sie geben somit den negativen Ereignissen eine fast lächerliche Bedeutung: Spielgeld, von dem Sie sich nichts kaufen können und das weder Platz noch Bedeutung auf Ihrem Erfolgskonto hat.

Gerade diese praktischen Anwendungen und Übungen sind grundlegend, um positives Denken in Ihrem Leben zu integrieren. Überwinden Sie sich, diese Methoden anzuwenden und schaffen Sie sich Freiräume in Ihrem Alltag für deren Umsetzung. Diese Strategien können mit den Hausaufgaben aus Ihrer Schulzeit verglichen werden. Sicherlich erfordern sie Zeit und Aufwand, doch wie jeder weiß, sind Hausaufgaben unumgänglich, um Erlerntes zu vertiefen. Alles, was Sie investieren, investieren Sie in sich selbst und Ihre persönliche Entwicklung. Am Ende sind Sie selbst Ihr größtes Projekt und gleichzeitig der größte Investor.

Ein guter Start in den Tag

Während die letzten beiden Methoden sich vor allem mit dem Zeitraum vor dem Schlafengehen beschäftigt haben, kommen wir nun zu einer Strategie, die Sie perfekt in den Tag starten lässt. Denn oftmals sind es Ereignisse, die uns in der ersten Tageshälfte widerfahren, die unseren Tag zu ruinieren scheinen. Deshalb ist es ratsam, vorbeugend zu handeln und mit guter Laune und Motivation den Tag zu beginnen.

Es ist natürlich kein Geheimnis, dass nicht jede Person ein sogenannter „Morgenmensch" ist. Während die einen am Morgen den größten Energieschub verspüren und vor Motivation nur so strotzen, kommen die anderen, die sogenannten „Nachteulen", nur schwer in Fahrt.

Dies hängt oft damit zusammen, dass wir alle einen unterschiedlichen und individuellen Biorhythmus haben und deshalb zu unterschiedlichen Zeiten des Tages unser Motivationshoch erleben. Der Vorteil dieser Strategie ist, dass sie von beiden Typen Mensch angewendet werden kann.

Wenn Sie also heute Abend zu Bett gehen, stellen Sie sich Ihren Wecker fünf oder zehn Minuten früher für den nächsten Morgen. Bevor Sie dann aufstehen, auf Ihr Smartphone schauen, das Radio anschalten oder sich sonstigen Ablenkungen widmen, nehmen Sie sich einen Augenblick nur für sich und erinnern Sie sich an einen Moment, in dem Sie wirklich glücklich waren. Versuchen Sie, sich diese Situation ganz genau bildlich vorzustellen und sich dahin zurückzuversetzen. Erinnern Sie sich daran, was Sie in dem Moment gesehen, gefühlt und vielleicht sogar gerochen haben, um alle Ihre Sinne einzubeziehen und diese Situation wiederaufleben zu lassen.

Wiederholen Sie diese Übung Tag für Tag und versuchen Sie, verschiedene Situationen zu finden, egal wie bedeutend diese Situationen auch waren. Es zählt nur, dass Sie allein ein Empfinden von Glück, Erfolg, Liebe oder Zufriedenheit verspüren. Mit diesem Gefühl starten Sie nun in den Tag.

Sie werden schnell merken, welchen Unterschied diese kleine Veränderung für Ihren gesamten Tagesablauf haben kann. Anstatt sich nun also sofort nach dem Aufstehen mit den Problemen und schwierigen Situationen des Tages zu befassen, nehmen Sie sich diesen einen Augenblick nur für sich. Sie bestimmen hierdurch ganz allein, wie Sie in Ihren Tag starten möchten und auch, wie dieser für Sie verlaufen wird.

Sind Sie einer der Menschen, die sich am Morgen gern sportlich betätigen, dann können Sie diese Übung auch mit in Ihr Sportritual einfließen lassen. Es ist allerdings vorteilhafter, diese Übung als allererstes am Morgen durchzuführen, bevor irgendwelche anderen Gedanken überhaupt die Chance haben, in Ihren Kopf zu gelangen. Doch, wenn Sie einer dieser Menschen mit "Hummeln im Hintern" sind, die besonders morgens nicht still im Bett liegen und sich konzentrieren können, dann nutzen Sie Ihre sportlichen Aktivitäten oder gar Ihren morgendlichen Spaziergang, um sich eine dieser Situationen vor Augen zu führen.

Auch diese Übung kostet natürlich etwas Zeit, um wirklich zur Gewohnheit zu werden. Verzweifeln Sie also nicht, wenn Sie eines Morgens aufwachen und Ihr morgendliches Ritual vergessen, gerade in den ersten Tagen und Wochen. Sie wissen jetzt schließlich genau, dass es durchschnittlich 66 Tage konsequenter Arbeit bedarf, um eine Handlung zur Gewohnheit werden zu lassen. Kein Mensch ist perfekt, bleiben Sie einfach dran und versuchen Sie es am nächsten Tag erneut.

In der Ruhe liegt die Kraft

Um positives Denken effektiv in Ihr Leben und Ihren Alltag zu integrieren, müssen Sie konstant an der Umsetzung arbeiten. Dies kann bedeuten, über den Tag hinweg eine oder mehrere Übungen anzuwenden, um Ihre Stimmung zu heben, Ihre Gedanken neu zu ordnen und mit neuer Motivation weitere Aufgaben in Angriff zu nehmen. Eine Übung, die Ihnen hierfür zu Gute kommt, ist denkbar einfach: Machen Sie einfach einmal eine Pause.

Nehmen Sie sich zwei mal fünf Minuten am Tag, einmal am Vormittag und einmal am Nachmittag. Nicht mehr und nicht weniger. Stellen Sie sich hierfür, wenn nötig, einen Wecker. Wenn möglich, gehen Sie dann an die frische Luft oder bewegen Sie sich im Büro, dies fördert die Entfaltung Ihrer Gedanken. Nutzen Sie nun genau diese fünf Minuten, um eine Zwischenbilanz des Tages zu ziehen. Was haben Sie schon erreicht? Welche Aufgaben haben Sie erledigt? Welche Projekte haben Sie fertiggestellt?

Versuchen Sie sich aktiv auf die guten Dinge und die kleinen Erfolgserlebnisse zu fokussieren. Vielleicht haben Sie auch einfach nur Zeit mit der Familie oder Freunden verbracht oder sich eine Auszeit gegönnt. Auch dies ist ein Erfolgserlebnis, denn Sie haben Zeit und Aufwand in Ihre sozialen Beziehungen und Ihr Wohlempfinden investiert. Gerade weil Sie diese Übung zweimal am Tag durchführen, können Sie ruhig mehr ins Detail gehen. Es geht hier nicht darum, den ganzen Tag und die Dinge, für die Sie dankbar sind, zu betrachten, sondern eher darum, was Sie bereits erlebt haben, um sich etwas Positives vor Augen zu halten.

Dies wird Ihnen ungemein dabei helfen, einmal tief durchzuatmen und Ihre Gedanken weg von dem zu lenken, was Sie noch nicht geschafft haben. Mit unserem Stresslevel verhält es sich wie mit Luft, die wir in eine Luftmatratze pumpen. Über den Tag verteilt verspüren wir mehr und mehr Stress und Druck, Fristen einzuhalten und unsere Arbeit und Aufgaben fertigzustellen. Wir pumpen also mehr und mehr Luft in unsere Luftmatratze. Aktive Pausen helfen uns dabei, Luft abzulassen. Sie wirken wie ein Ventil, das es ermöglicht, Platz zu schaffen, um erneut Luft in die Matratze hineinzupumpen.

In der Ruhe liegt die Kraft. Aktive Pausen, so klein diese auch sein mögen, sind immer eine Investition in das eigene Wohlbefinden und auch in die eigene Produktivität. Das Positive und bereits Erreichte des Tages zusammenzufassen, wirkt dabei wie eine Neuorientierung. Gerade, wenn es mal wieder scheint als würde Ihnen die Last der Arbeit die Luft zum Atmen nehmen, ist es mehr als ratsam, den Fokus auf das zu richten, was Sie bereits erreicht haben, anstatt an dem zu verzweifeln, was Sie noch zu tun haben. Natürlich treten nicht jeden Tag tatsächliche Probleme und negative Situationen auf, dennoch können Sie durch die Einhaltung kleiner Pausen denkbar einfach an Ihrer Einstellung arbeiten und positives Denken in Ihren Alltag integrieren.

Die R-U-H-E Strategie

Diese Methode wird Ihnen vor allem in stressigen Situationen helfen, in denen Sie händeringend nach einer Strategie suchen, die Sie nicht nur in Ihrer Denkweise unterstützt, sondern Sie auch wortwörtlich zur Ruhe bringt. Viele Psychologen wenden diese Methoden mit Ihren Patienten an, um ein effektives Ritual zu entwickeln, auf das diese in Notsituationen zurückgreifen können. Denn wie Sie wissen, sind es vor allem unsere Gewohnheiten, auf die wir in hektischen oder negativen Situationen zählen. Umso besser ist es, wenn diese gleichzeitig als Erste-Hilfe-Maßnahmen fungieren können.

Das Wort Ruhe bildet für diese Strategie ein Akronym, für jeden Buchstaben in diesem Wort denken Sie an eine Sache, Person oder Aktivität, die Sie besonders mögen, schön finden, oder die Sie beruhigt. Seien Sie dabei kreativ. Hier ein kleines Beispiel:

R - Rad fahren, U - Urlaub, H - Hundewelpen, E - Eiscreme

Wann immer Sie nun in einer stressigen Situation stecken, rufen Sie sich Ihre R-U-H-E-Formel ins Gedächtnis. Auch hier wird es Ihnen wieder helfen, alle Gegenstände, Aktivitäten, Personen, Tiere oder Sonstiges bildlich vor Ihrem inneren Auge zu sehen.

Natürlich dürfen Sie sich auch ein völlig neues Wort ausdenken, wenn dieses Ihnen mehr hilft. Denken Sie nur daran, dass dieses im bestmöglichen Fall einfach verständlich ist und nur vier bis fünf Buchstaben enthält. Vielleicht eignet sich für Sie eines dieser Worte: Meer, Haus, Hund, Tisch oder ähnliches.

Wichtig ist, dass Sie sich das Wort und die einzelnen Bedeutungen der Buchstaben merken können, sodass diese sich zu Ihrem ganz eigenen Ritual entwickeln und Ihnen in den entsprechenden Situationen effektiv weiterhelfen. Vielleicht finden Sie auch ein Wort, das allein schon ohne die Bedeutung der einzelnen Buchstaben einen Platz in Ihrem Herzen hat, der Name einer geliebten Person zum Beispiel, an die Sie gerne denken.

Egal wofür Sie sich entscheiden, der Effekt bleibt am Ende derselbe. Denn es geht vor allem darum, ein Ritual oder eine Gewohnheit zu kreieren, die eine angenehme Atmosphäre schafft und Ihnen Halt in schwierigen Situationen gibt.

Genau dieses Gefühl von Zuversicht, das sich einstellt, wenn Sie wissen, wie Sie in bestimmten Situationen handeln sollen, wird Ihnen den Weg ebnen, um Ihre Problem effektiv zu lösen und die richtigen Strategien anzuwenden.

3 Methoden, sich von negativen Gedanken zu distanzieren

So sehr wir auch versuchen, unsere Gedanken zu steuern und dauerhaft zu kontrollieren, so hart ist es sich eingestehen zu müssen, dass uns dies nie vollständig gelingen wird. Ein Teil unserer Gedanken wird schließlich immer unbewusst bleiben und nie unserer Kontrolle unterliegen. Dennoch gibt es effektive Methoden, wie Sie damit umgehen können. Gerade, wenn sich einmal wieder diese Stimme voller Selbstzweifel und negativer Bemerkungen in Ihren Kopf einschleicht, ist es gut zu wissen, wie Sie sich effektiv von dieser distanzieren können.

Distanz ist der wirksamste Weg mit solchen negativen Gedanken umzugehen. Nur so können Sie vermeiden, sich mit jedem einzelnen dieser Gedanken zu identifizieren und ihnen Glauben zu schenken. Nicht alle Ihre Gedanken entsprechen der Wahrheit. Viele, vor allem negative Gedanken wie Sorgen, Zweifel und Bedenken sind oftmals grundlos und unverhältnismäßig. Dennoch lassen wir uns dazu verleiten, ihnen mehr Gewicht zu verleihen als all positiven Gedanken.

Im Folgenden werde ich Ihnen die bewährten Methoden angesehener Psychologen näherbringen, um sich von negativen Gedanken zu distanzieren. Haben Sie den Mut, sich auf diese Gedankenspiele einzulassen und sie auch für sich umzusetzen. Nicht umsonst sind diese Übungen fester Bestandteil vieler Therapien. Einiges mag für Sie vielleicht erst einmal befremdlich klingen, doch nach all dem, was Sie in diesem Buch über diese Methoden lernen werden, dürften diese Strategien keine Schwierigkeit mehr für Sie in der Umsetzung darstellen.

1. Visualisierung

Wenn Sie sich das nächste Mal ängstlich und nervös fühlen und anfangen zu zweifeln, ob Sie etwas schaffen können, dann stellen Sie sich vor, dass Sie all diese Gedanken in eine Art Schneekugel verarbeiten, eine Kugel aus Glas, durch die Sie Ihre Gedanken von außen betrachten. In der Kugel sollten sich Ihre Gedanken, Ängste und Zweifel sammeln und vor allem konkret verdeutlichen, wovor Sie Angst haben oder nervös sind.

Wenn Sie Ihre Schneekugel aus Gedanken in den Händen halten, geben Sie sich selbst die Macht zurück, über diese zu bestimmen. Sie lernen, Herr Ihrer eigenen Gedanken zu werden und diesen nicht die Macht zu überlassen. Beobachten Sie, wie Sie sich fühlen, wenn Sie diese Kugel in den Händen halten. Fühlen Sie, dass Distanz zwischen Ihnen und den Gedanken entstanden ist? Wie fühlt sich diese für Sie an? Welche Empfindungen haben Sie, wenn Sie Ihre eigene Schneekugel von außen betrachten? Was macht das Gefühl der Macht mit Ihnen?

Vor Ihrem geistigen Auge verstauen Sie dann Ihre Schneekugel. Wohin genau, das entscheiden Sie. Vielleicht in Ihre Tasche, in ein Regal oder gar zurück in Ihre Gedanken. Wichtig ist, dass Sie wissen, dass diese Schneekugel existiert und dass die Ängste, Zweifel und Gedanken darin abgeschnitten sind von der Realität und somit nicht mit den positiven Gedanken in Ihrem Kopf zusammenfließen können. Sie distanzieren sich hierdurch nicht nur aktiv von Ihren negativen Gedanken, sondern lernen auch, die Kontrolle über sie zu gewinnen. Durch die Methode der Distanzierung können Ihre Gedanken nicht mehr die Oberhand gewinnen.

Die innere Stimme 2.0

Eine weitere und etwas andere Methode, um Distanz zu Ihren Gedanken zu gewinnen, ist, sich vorzustellen, dass diese eine Stimme einer bestimmten Person besitzen. Diese Strategie funktioniert vor allem bei Selbstzweifeln. Nehmen wir an, Ihre Gedanken kreisen sich um den Satz "Ich bin zu dick". Stellen Sie sich nun vor, dass zum Beispiel eine Cartoon-Figur oder ein Comedian Ihnen einzureden versucht, dass Sie zu dick sind. Würden Sie diese ernst nehmen und ihnen Glauben schenken? Dann fragen Sie sich selbst, warum Sie dann Ihre eigenen Gedanken und Wertungen immerzu ernst nehmen und als absolute Wahrheit annehmen.

Das Porträtieren der eigenen Zweifel als eine unseriöse Cartoon-Figur, wie z. B. Donald Duck, wird Ihren eigenen Blickwinkel vollkommen verändern. Sie werden schnell merken, dass es Ihnen viel leichter fallen wird, Abstand zu halten und die eignen Zweifel nicht sofort als tatsächliche Wahrheit einzuordnen. Denn oft kennen wir unsere Stärken und Fähigkeiten ganz genau, doch auch die selbstbewusstesten Menschen erleben Momente, in denen die Stimmen der Selbstzweifel kurzzeitig etwas lauter werden.

Sich in andere hineinversetzen

Diese Methode bezieht Menschen aus Ihrem direkten Umfeld mit ein. Erinnern Sie sich an die "Was würde Jesus tun"- Strategie aus dem letzten Kapitel? Wir haben festgestellt, dass es manchmal ratsam sein kann, sich in andere Personen hineinzuversetzen und Probleme aus deren Blickwinkel zu betrachten. Stellen Sie sich also vor, Ihre Gedanken sind eine andere Person, vielleicht in diesem Fall Ihre Mutter.

Würde Ihre Mutter an Ihnen und Ihren Fähigkeiten oder sogar an Ihrem Aussehen zweifeln? In den allermeisten Fällen lautet die Antwort hier „Nein“, denn Ihre Mutter liebt Sie bedingungslos.

Sie können sich das Ganze auch umgekehrt vorstellen. Nehmen wir an, eines Ihrer Familienmitglieder, vielleicht sogar Ihr Partner, Ihr Kind, Ihre Eltern oder Neffen, bzw. Nichten, verspüren Selbstzweifel und dieses Familienmitglied kommt nun auf Sie zu, um mit Ihnen darüber zu reden.

Wie würden Sie mit diesen Gedanken umgehen? Würden Sie Ihrem eigenen Kind erklären, dass es berechtigt ist, an sich selbst zu zweifeln, da es anscheinend nicht genügend Fähigkeiten besitzt oder nicht einem gewissen “Schönheitsideal” entspricht? Auch hier sollte die Antwort “Nein” lauten. Mit hoher Wahrscheinlichkeit würden Sie genau entgegengesetzt handeln, Ihr Familienmitglied aufbauen und ihm versuchen bewusst zu machen, was seine Stärken und Fähigkeiten sind. Warum tun Sie dies nun also nicht mit sich selbst? Warum sind Ihre Zweifel, Ängste und negativen Gedanken berechtigt und wahrheitsgemäß, während es die Ihrer Mitmenschen nicht sind.

Leider ist es oftmals so viel leichter, die eigenen Gedanken als absolute Wahrheit anzusehen und diesen bedingungslos zu glauben, weil diese eben in uns existieren und es uns oft umso schwerer fällt, genau hier Distanz aufzubauen.

Die erlernten Schritte zur Distanzierung lassen sich hervorragend anwenden, um zu lernen, in welchen Fällen es ratsam ist, zwischen den wahren, tiefgründigen Gedanken und den übertriebenen, selbstzweifelnden Stimmen im Kopf zu unterscheiden. Des Weiteren ist es wichtig, sich bewusst zu machen, dass es vollkommen in Ordnung ist, nett zu sich selbst zu sein und auf das eigene Wohlbefinden acht zu geben. Im folgenden Kapitel wird auf diesen Punkt noch einmal genauer eingegangen.

Ein fitter Körper für einen fitten Geist

Sie fragen sich gerade sicherlich, was nun Ihr Körper mit positivem Denken zu tun hat und weshalb wir ihn in einem Ratgeber über positive Gedanken überhaupt in Betracht ziehen. Die Antwort darauf ist recht simpel. Ihr Körper steht in einem engen Zusammenspiel mit ihrem Geist. Jeder Mensch als ganzes System besteht aus diesen zwei Komponenten, Körper und Geist, die im Idealfall im Einklang stehen. Das heißt, dass wir nach einer Balance streben, um uns in unserer eigenen Haut wohlzufühlen und dies auch auszustrahlen.

Dieses System kommt immer dann aus der Balance, wenn Sie einer Komponente zu viel und der anderen nicht genügend Aufmerksamkeit widmen. Trainieren und kräftigen Sie also tagein und tagaus Ihren Körper, ohne jemals ein Buch in die Hand zu nehmen und sich fortzubilden, bringen Sie Ihr inneres System aus der Balance. Wenn Sie sich wiederum nur Ihrer Arbeit widmen und konstant vergessen, durch sportliche Betätigung und Ernährung Ihren Körper in Form zu halten, wird auch dies früher oder später auf Sie zurückkommen, denn ein außer Balance gebrachtes System bringt viele und vor allem langfristige Folgen mit sich.

Mit Sicherheit haben auch Sie gelernt, dass sportliche Betätigung und gesunde Ernährung nicht nur förderlich, sondern sogar essentiell für Ihre Gesundheit sind. Leider wird noch immer zu wenig darüber gesprochen, dass ein gesunder, sportlicher und ausgewogener Lebensstil genauso wichtig für Ihre geistliche Gesundheit, Ihr persönliches Wohlbefinden und sogar Ihr Glücksempfinden ist. Durch den Sport werden Glückshormone wie Dopamin und Serotonin ausgeschüttet, die unsere Stimmung heben und uns in Glücksgefühlen baden lassen. Auch Sie haben es bestimmt schon einmal erlebt, dieses gute Gefühl nach dem Sport, der Stolz auf sich selbst und die Leistung, die man selbst vollbracht hat. Genau dieses Gefühl streben wir an.

Langfristig gesehen führt diese Ausschüttung von Hormonen zu einer veränderten Selbstwahrnehmung. Stellen Sie sich vor, Sie entscheiden sich dreimal die Woche joggen zu gehen. Nach jedem Lauf erleben Sie ein durchweg positives Gefühl. Zudem sind Sie am Ende der Woche außerordentlich zufrieden mit sich, dass Sie Ihre Ziele erreicht und etwas Gutes für sich und Ihren Körper getan haben.

Dieses Gefühl wird Sie motivieren, dies in der nächsten und auch übernächsten Woche zu wiederholen. Der Sport wird bald in eine Routine übergehen. Nehmen wir an, Ihr äußeres Erscheinungsbild hat sich nach ein paar Wochen nur minimal zum Positiven verändert, so werden Sie doch weitaus zufriedener mit sich selbst sein und mit dem, was Sie erreicht haben, ganz unabhängig davon, wie weitreichend Ihre Veränderung auch sein mag.

Sportliche Betätigung hat einen enormen Einfluss auf Ihr Selbstbewusstsein und Ihr Selbstwertgefühl. Genau deshalb ist ein gesunder Lebensstil essentiell für eine positive Denkweise. Wie wir zuvor angesprochen haben, ist ein solides Selbstwertgefühl einer der Grundsteine für positives Denken. Sie müssen mit sich im Reinen sein, an sich und Ihre Fähigkeiten glauben und sich wichtig genug sein, um auf sich Acht zu geben und sich selbst etwas Gutes zu tun. Der Einklang von Körper und Geist ist essentiell, um Ihre Selbstzufriedenheit zu fördern. Die meisten Menschen, die unter einem geringen Selbstwertgefühl leiden und sich selbst nicht akzeptieren, haben häufig

Probleme, soziale Beziehungen zu führen und gelangen weitaus häufiger in Konflikte und Auseinandersetzungen.

Raffen Sie sich auf zu einem gesünderen Lebensstil. Integrieren Sie Sport und Bewegung in Ihren Alltag. Nehmen Sie öfter mal das Rad für kürzere Entfernungen oder machen Sie kurze Spaziergänge an der frischen Luft. Nicht zu vergessen ist natürlich Ihr Schlaf, über dessen Einfluss wir bereits zu Beginn dieses Buches gesprochen haben. Streben Sie regelmäßig sieben bis acht Stunden Schlaf an und optimieren Sie Ihre Schlafqualität durch eine verminderte Nutzung des Computers oder Smartphones in der letzten Stunde, bevor Sie zu Bett gehen.

Sie werden schnell merken, wie sehr Ihr Lebensstil Ihre Denkweise beeinflusst und wie schnell sich auch die kleinsten, positiven Veränderungen bemerkbar machen werden. Vergessen Sie nicht, dass auch diese Maßnahmen wieder eine Investition in Sie selbst und Ihr Wohlbefinden ist. Denn genau diese Investitionen sind notwendig, damit Sie Ihre Ziele im Leben erreichen. In den seltensten Fällen fällt der Erfolg vom Himmel.

Der Mensch erntet, was er sät

Nachdem wir nun ausführlich über die Auswirkungen des positiven Denkens für Sie und Ihr Wohlbefinden gesprochen haben, ist es an der Zeit, darüber zu reden, welche Auswirkungen Ihre Denkweise auch für Ihr Umfeld haben kann. Auch Sie nehmen Einfluss auf Ihr sozialen Umfeld und spielen eine Rolle im gesellschaftlichen System. Es kann für Sie also durchaus förderlich sein, Ihre positive Einstellung nach außen zu tragen und andere Menschen dadurch zu inspirieren und zu motivieren.

Dies können Sie durch kleine Schritte erreichen, die einen großen Unterschied bewirken können. Ziehen Sie zum Beispiel in Erwägung, Ihren Mitmenschen häufiger ein Kompliment zu machen. So wie auch Sie am Ende des Tages für kleine Aufmerksamkeiten und positive Bemerkungen dankbar sind, so sind es Ihre Mitmenschen mit Garantie auch. Loben Sie Ihre Kollegen und Freunde für das, was sie erreicht haben. Seien Sie höflich und zuvorkommend, indem Sie beispielsweise jemandem die Tür offenhalten oder eine fremde Person an der Kasse vorlassen. Gehen Sie mit offenen Augen durchs Leben und Sie werden sehen, wie Sie die Stimmung Ihrer Mitmenschen mit solchen kleinen, guten Taten erheblich verbessern können.

Eine weitere Maßnahme ist es, sich öfter einmal selbst daran zu erinnern, mit einem Lächeln durchs Leben zu schreiten. Schnell werden Sie merken, dass dieses auch von Ihrer Umgebung zurückkommen wird. Strahlen Sie Positives und Lebenslust, anstatt Trauer, Wut oder Frust. Ihr Umfeld wird gerade diese Veränderung schnell wahrnehmen. Die meisten Menschen möchten sich mit Personen umgeben, die Positives ausstrahlen, humorvoll sind und allgemein eine angenehme Atmosphäre kreieren.

Ihr positives Denken und eine Einstellung, die dieses nach außen trägt, können somit Ihre zwischenmenschlichen Beziehungen nicht nur verbessern, sondern Ihnen auch helfen, neue Kontakte zu knüpfen und mit interessanten Menschen ins Gespräch zu kommen. Denken Sie also immer daran, dass das was Sie ausstrahlen auch zu Ihnen zurückkommt. Treten Sie Ihrem Umfeld mit Freundlichkeit und Offenheit gegenüber, wird es Ihnen höchstwahrscheinlich ebenfalls Positives zurückgeben.

Vergessen Sie also nicht, wie wichtig eine gute Kommunikation und Zusammenarbeit mit anderen Personen ist. Denn wie Sie bereits gelernt haben, werden Sie früher oder später auch auf andere Menschen angewiesen sein. Offenheit und Sympathie auszustrahlen ist hier der Schlüssel, um Kontakte zu knüpfen und aufrechtzuerhalten. Zudem tragen sie zu einem angenehmen Arbeitsklima, einer gut laufenden Partnerschaft oder einem funktionierenden Sportteam bei. Dies bringt Sie langfristig gesehen auf Ihrem Weg zum Erfolg weiter.

Nachdem Sie nun ein Experte des positiven Denkens sind, ist es an der Zeit, noch einen Schritt weiterzugehen, um das Gesamtkonzept der positiven Persönlichkeitsentwicklung besser verstehen und umsetzen zu können. Dieses Zusatzkapitel wird für Sie noch einmal die Bedeutung der Zeit zusammenfassen. Denn obwohl es erst einmal abwegig erscheinen mag, spielt es eine entscheidende Rolle in Ihrer eigenen Entwicklung, wie Sie mit Ihren Gedanken und Handlungen in der Vergangenheit, der Gegenwart und der Zukunft umgehen, welche Bedeutung Sie diesen zuschreiben und wie sehr Sie sich dadurch beeinflussen lassen.

Was vergangen ist, ist vergangen!

Die Rolle der Vergangenheit für Ihr Denken und Ihre Entwicklung ist eine ganz besondere. Weder Gegenwart noch Zukunft haben einen solch großen Einfluss auf uns wie die Vergangenheit. Sie ist die wichtigste Form der Zeit in Bezug auf unsere Entwicklung, denn aus Handlungen unserer Vergangenheit lernen wir. Sie schafft somit die Basis für die Gegenwart und die Zukunft. Ohne die Vergangenheit könnten wir uns nicht weiterentwickeln. Stellen Sie sich ein Leben vor ohne jegliche Erfahrungen. Stellen Sie sich vor, alles, was Sie erleben, verschwindet sofort wieder aus Ihrem Gedächtnis. Sie haben keinen Lerneffekt, entwickeln sich nicht weiter und drehen sich schlichtweg nur im Kreis, tagein und tagaus.

In der Gegenwart spielt unsere Vergangenheit also eine durchaus wichtige Rolle, denn ohne Sie wären Fortschritte nicht möglich. Dennoch hat sie auf viele Menschen auch einen negativen Einfluss, denn zu viele leben wortwörtlich in der Vergangenheit, schwelgen in alten Erinnerungen und schaffen es nicht, loszulassen. Genau dieser Fehler hält sie davor zurück, an ihren Zielen zu arbeiten und sich weiterzuentwickeln.

Es ist ein Balanceakt. Auf der einen Seite wollen Sie aus Ihren Fehlern lernen, vergangene Handlungen reflektieren, Ihre Erfahrung in der Gegenwart nutzen und die erfolgreichen und glücklichen Momente als Aufschwung nehmen. Auf der anderen Seite jedoch, sollten Sie auch wissen, wann genau Sie Vergangenes hinter sich lassen und sich zunehmend auf die Gegenwart und Zukunft konzentrieren sollten. Was erst einmal kompliziert klingt, ist mit etwas Übung und dem nötigen Wissen einfach zu lösen.

Das Prinzip ist simpel: Die Vergangenheit ist Ihr Aufschwung und Antrieb. Erinnern Sie sich an Ihr Erfolgskonto, auf dem nur die guten Erinnerungen angenommen und eingezahlt werden? Genauso funktioniert der Prozess des positiven Denkens mithilfe Ihrer Vergangenheit. Alles, was Sie erleben wird als eine positive Erinnerung abgespeichert. Sie haben in diesem Buch bereits gelernt, wie Sie Positives aus jeder Situation ziehen, wie Sie Scheitern, Rückschläge und Fehltritte akzeptieren und vor allem, wie Sie Ihre eigenen Erfahrungen machen und mit jedem Schritt dazulernen. Alle negativen Ereignisse können also jederzeit in Erfahrungen umgewandelt werden, die in der Zukunft etwas Positives für Sie bereithalten. In der Vergangenheit legen Sie sich selbst den Grundstein für Ihre Gegenwart und Ihre Zukunft.

Diese Transformation des Erlebten in gespeicherte Erfahrungen sollte für Sie immer wie ein Abschluss sein. Was geschehen ist, ist geschehen. Richten Sie Ihren Blick nach vorne. Nur so können Sie vermeiden, in Ihrer Vergangenheit stecken zu bleiben. Alle Erlebnisse sollten sorgfältig in Erfahrung umgewandelt und abgespeichert oder aber komplett verworfen werden. Versuchen Sie niemals, etwas unbearbeitet zu lassen. „Offene Akten" der Vergangenheit, also Probleme, die Sie nicht gelöst haben oder Situationen, mit denen Sie nicht abgeschlossen haben, werden Sie immer und immer wieder einholen und Sie davon abhalten, das zu erreichen, wonach Sie so sehr streben.

Für Ihre positive Denkweise bedeutet die Vergangenheit also, Erfahrungen zu sammeln, aus denen Sie lernen, wie Sie in der Gegenwart zu handeln haben. Akzeptanz und Reflexion sind Ihre wichtigsten Werkzeuge, um die Vergangenheit als Treibstoff nutzen zu können. Oder, wie Richard von Weizsäcker es in dem nachstehenden Zitat ausdrückt:

Im Jetzt leben

In der Gegenwart ist vor allem der Zeitpunkt des Handelns von besonderer Wichtigkeit. Wenn nicht jetzt, wann dann? Wenn Sie nicht jetzt handeln und Ihr Leben verändern, wann wollen Sie es dann in den Angriff nehmen? In der Gegenwart nutzen wir unsere Erfahrungen der Vergangenheit und setzen diese in Taten um. Die Zukunft ist ungewiss und der einzige Einfluss, den wir aus der Gegenwart auf Sie haben, sind unserer Pläne und Vorhaben, die wir schmieden und unsere Ziele, die wir erreichen wollen.

Setzen Sie im Hier und Jetzt die Strategien, Übungen und Methoden um, die Sie in diesem Buch erlernt haben. Jetzt ist der Zeitpunkt zu handeln, nicht gestern und nicht morgen. Sie können Ihre Zukunft noch so genau planen und sich ausmalen, wie Sie Ihre Träume und Ziele erreichen wollen, doch wenn Sie in der Gegenwart nicht handeln, werden Sie niemals die nötigen Fortschritte machen. Es ist also irrelevant, wie klein Ihre Taten auch sein mögen, wichtig ist, dass Sie überhaupt handeln – und zwar jetzt! Denn morgen ist bereits die Zukunft. Oder, wie es Harold Pinter in folgendem Zitat beschreibt: *"Zukunft: die Ausrede all jener, die in der Gegenwart nichts tun wollen."*

Viele Aspekte des positiven Denkens vereinen die Vergangenheit und die Zukunft in der Gegenwart. Es geht darum, Dankbarkeit zu zeigen, Situationen zu akzeptieren und mit ihnen abzuschließen. Auch sollten Sie sich glückliche und erfolgreiche Momente noch einmal ins Gedächtnis rufen, um daraus positive Energie zu schöpfen. Gleichzeitig schauen Sie jedoch auch nach vorne. Besinnen Sie sich nach Rückschlägen, und schmieden Sie Pläne, wie Sie Ihre Ziele erreichen können.

Das Hier und Jetzt ist ausschlaggebend und Sie sollten einen Großteil Ihrer Kraft und Energie darin investieren. Wenn Sie die Aufteilung Ihrer Kräfte im Verhältnis sehen, dann sollten Sie etwa 80% Ihrer Energie für die Gegenwart aufwenden und nur jeweils 10% für Ihre Vergangenheit und die Zukunft. Denn Erfahrungen und Pläne für die Zukunft sind zwar im Gesamtbild entscheidend, tragen aber zu der Umsetzung Ihrer Vorhaben nur einen geringen Teil bei. Sie selbst können Ihre Erfahrungen als Antrieb und Ihre Ziele für die Zukunft als Motivation nutzen, dennoch sind Sie verpflichtet, zu handeln, Gewohnheiten zu ändern, Strategien anzuwenden und Übungen durchzuführen, die Ihnen dabei helfen Ihre Persönlichkeit zu entwickeln.

Ihre Handlungen sind demnach ausschlaggebend. Erfahrungen werden niemals ohne Handlungen entstehen. Die sorgfältig geschmiedeten Pläne für die Zukunft werden nie zur Realität, wenn sie nicht umgesetzt werden. Die Gegenwart bestimmt also darüber, ob Sie Ihr positives Denken tatsächlich umsetzen werden. Umso wichtiger ist es, dass wir uns über diese Rolle des Hier und Jetzt bewusst sind. Die Gegenwart steckt voller Chancen und Möglichkeiten, die uns unseren Zielen näherbringen. Wenn wir also zurückhaltend handeln und diesen Chancen verschlossen gegenüberstehen, bzw. sie nicht wahrnehmen, dann verpassen wir den richtigen Zeitpunkt. Seien Sie sich immer bewusst, dass es jede Chance nur genau einmal im Leben gibt. Zieht sie vorbei, ohne dass Sie sie annehmen, dann haben Sie den Moment des Handels wortwörtlich verpasst.

Für die Gegenwart gilt es daher, offen und spontan zu sein, um das bestmögliche aus dem Moment herauszuholen. Dies erreichen Sie vor allem, indem Sie an Ihrem Selbstbewusstsein und Ihrem Selbstwert arbeiten. Jeder von uns besitzt Spontanität, ob Sie es glauben oder nicht. Spontanes Handeln und die Offenheit für Neues stehen in einer engen Beziehung mit dem Glauben an unsere Fähigkeiten. Deshalb sind Ihre eigene Arbeit und Investition in Ihre persönliche Entwicklung unentbehrlich. Sie sollten Ihre Ziele und Träume immer klar vor Augen haben und sich bewusst machen, dass es wichtig ist, die Augen stets nach möglichen Chancen offen zu halten.

Mit Volldampf in die Zukunft!

Die Zukunft ist ungewiss, was passieren wird, können wir nie genau vorhersehen. Dennoch haben Sie die Macht, Ihre eigene Zukunft, zumindest anteilig, zu beeinflussen. Denn die Zukunft ist nichts anderes als Ihre Träume und Ziele, zusammen mit den Erfolgen, die aus Ihrem Handeln der Gegenwart entstehen. Victor Hugo beschreibt dies wie folgt: *"Die Zukunft hat viele Namen: Für Schwache ist sie das Unerreichbare, für die Furchtsamen das Unbekannte, für die Mutigen die Chance."*

Welche Rolle spielen nun unsere Ziele und Träume in Bezug auf unsere positive Einstellung? Die Antwort ist denkbar einfach: Pure Motivation, der Grund, warum wir hart an uns arbeiten und die Ursache, weshalb wir so zielstrebig handeln. Ohne ein persönliches Ziel vor Augen, würde uns das Handeln in der Gegenwart deutlich schwerer fallen. Unsere Ziele sind unser "warum". Dabei können wir zwischen kurzfristigen, langfristigen, allgemeinen Zielen und großen Träumen unterscheiden.

Warum stehen Sie nun also fünf Minuten früher auf, um Ihren Tag mit positiver Motivation zu starten? Die Gründe können hierfür vielfältig sein: Um positives Denken in Ihren Alltag zu integrieren, um mit sich selbst zufriedener zu sein, um eine Promotion in Ihrem Job anzustreben, um ein glücklicheres Zusammeneben mit Ihrem Partner oder Ihrer Familie zu erreichen, um endlich Ihre sportlichen Ziele zu erreichen. Ganz egal, wie groß oder wie klein Ihre Ziele auch sein mögen, Sie müssen der Grund sein, weshalb Sie täglich an sich selbst und Ihrer Denkweise arbeiten wollen.

Visieren Sie immer Ziele auf unterschiedlichen Ebenen oder mit verschiedenen Zwischenschritten an. Sie dürfen natürlich träumen und sich selbst Ziele setzen, die in den Augen anderer Menschen unerreichbar erscheinen. Dennoch ist es wichtig, auch kleinere Zwischenziele zu haben, die Sie nach und nach erreichen können. So erleben Sie immer wieder kleine Erfolge, die Sie motivieren, die harte Arbeit nicht aufzugeben und nach Höherem zu streben.

Die Zukunft ist somit Ihr innerer Antrieb, der Grund, warum Sie in der Vergangenheit und Gegenwart so hart an sich arbeiten. Genau wie mit der Vergangenheit gilt es jedoch auch hier, dass Sie nur einen kleineren Teil Ihrer Energie dafür aufbringen sollten. Ihr Hauptfokus liegt schließlich noch immer auf der Gegenwart. Doch, wie Sie mit Sicherheit bereits erahnen konnten, sind natürlich alle drei Ebenen der Zeit eng miteinander verknüpft. Sie beeinflussen sich gegenseitig. Ihre Entscheidungen und Handlungen der Vergangenheit werden Ihre Gegenwart und Zukunft beeinflussen. Ihr Verhalten in der Gegenwart hat Einfluss darauf, wie Ihre Zukunft aussehen wird. Ihre Pläne für die Zukunft steuern Ihre Motivation täglich an sich zu arbeiten und mögliche Chancen in der Gegenwart zu ergreifen.

Ausblick - Denken Sie sich glücklich!

Dieses Buch sollte Ihnen ausreichend Aufschluss darüber geboten haben, inwiefern positives Denken der Weg zu Ihrem persönlichen Glück sein kann. Nachdem Sie nun die unterschiedlichen Methoden kennengelernt haben, wie Sie sich eine positive Lebenseinstellung effektiv selbst aufbauen können, liegt es nun an Ihnen dies auch umzusetzen. Denn obwohl dieses Buch der erste Schritt in die richtige Richtung ist und Ihnen viele Informationen liefert, können nur Sie allein den nächsten Schritt gehen und die hilfreichen Methoden und Strategien in die Tat umsetzen.

Damit Ihnen das gelingt, denken Sie immer daran, dass noch kein Meister vom Himmel gefallen ist und auch positives Denken, wie alles andere im Leben, Übung und Zeit erfordert. Bleiben Sie also dran und geben Sie nicht auf, auch wenn es Ihnen an manchen Tagen vielleicht schwerer fallen wird.

Wenn Sie Ihre Ziele klar vor Augen haben, das "Warum" im Hinterkopf behalten und stets offen für neue Chancen sind, dann werden Sie bald nicht nur selbst von Ihrer veränderten Lebenseinstellung profitieren, sondern auch Ihre Mitmenschen mit Ihrer positiven Energie anstecken.

Herzlichst,

Kristin Berger Loewenstein

VISUALISIERUNG
Erfolg durch Positives Denken

Wie Sie Ihr Unterbewusstsein auf Erfolg neu programmieren, Ihre Träume verwirklichen und zu mehr Gelassenheit und Glück in Ihrem Leben finden

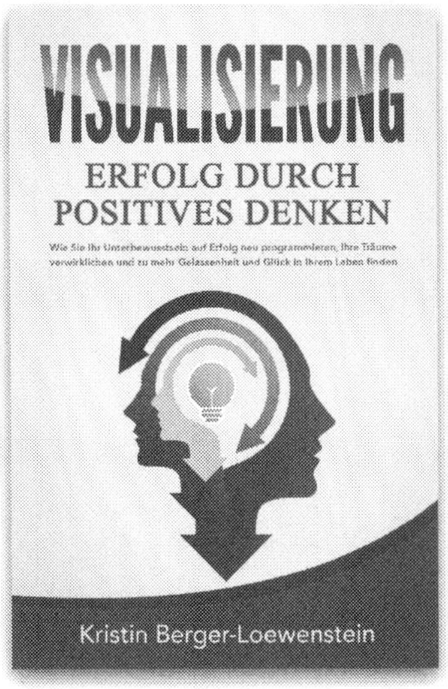

„Ich freue mich darauf, mein Leben wieder auf die Überholspur zu leiten."

– Amazon Kunde

Visualisierung ist die Kunst, die es Ihnen erlaubt, Erfolg magisch anzuziehen und Ihre sehnlichsten Wünsche & Träume zu verwirklichen.

Visualisierung ist ein mächtiges Werkzeug. Dieses Buch gibt Ihnen die ultimative Zauberformel an die Hand, um Ihr Leben in kürzester Zeit nachhaltig zu verändern. Wird das Visualisieren Ihrer Gedanken zur Gewohnheit, kann Sie niemand mehr aufhalten! Erfolg wird für Sie zum Standard. Auch Ihr Umfeld wird positiv von Ihrer **neuen Lebensenergie** beeindruckt sein.

ISBN: 978-1670629036

Kristin Berger-Loewenstein

SELBSTLIEBE
Reise zu Deinem neuen Selbst

Wie Sie Ihre innere Kraft entdecken, zu mehr Glück und Zufriedenheit gelangen und Ihre Persönlichkeit neu aufblühen lassen (inkl. Achtsamkeit Übungen)

„Da ich mich gerade in einer Krise befinde, kommt dieses Buch wie gerufen."

– Amazon Kunde

Beneiden Sie nicht die Glücklichen und Erfolgreichen... Seien Sie noch heute eine/r von ihnen!

Dieses Buch begleitet Sie **Schritt für Schritt** auf einer emotionalen und aufregenden Reise – hin zu Ihrem neuen, sich selbst liebenden Ich. Dank **einfach nachzumachender Übungen** werden Sie in kürzester Zeit lernen, mit sich selbst im Reinen zu sein und die Tiefen Ihrer Persönlichkeit entfalten.

ISBN: 978-1693621758
Kristin Berger-Loewenstein

Die Top Bestseller im Überblick

EMOTIONALE INTELLIGENZ
Gefühle verstehen

Wie Sie mit Hilfe effektiver Methoden Gelassenheit lernen, Stress bewältigen, Menschen lesen und Schritt für Schritt Ihre Beziehung verbessern

„Öffnet einem die Augen, Dinge anders zu betrachten und zu handeln."

– Amazon Kunde

Wer heutzutage erfolgreich sein will, muss seine Emotionen verstehen und die Macht der emotionalen Intelligenz für sich beherrschen!

Dieser Ratgeber behandelt alles rund um das Thema Emotionale Intelligenz und zeigt Ihnen **unvorhergesehene Möglichkeiten** auf, wie Sie Ihre Gefühle und Gedanken miteinander in Einklang bringen und durch effektivere Kommunikation ungeahnte Lösungen für Ihren persönlichen Erfolg im Umgang mit anderen Menschen entdecken.

ISBN: 978-1698562346

Kristin Berger-Loewenstein

SCHLAGFERTIGKEIT
Nie mehr sprachlos!

Wie Sie mit Hilfe effektiver Gesprächstechniken sicher argumentieren, schwierige Situationen souverän meistern und jederzeit schlagfertig kontern

„Viele gute praxisnahe Beispiele in leicht umsetzbarer Lektüre."

– Amazon Kunde

Das Schlagfertigkeit Buch ist Ihre Wunderwaffe, welche Ihnen das Schießpulver für schlagfertige Antworten bietet.

Immer wieder sind wir vor Situationen gestellt, in denen wir schwierige **Gesprächspartner von uns überzeugen** und wortgewandt auf herausfordernde Aussagen unserer Mitmenschen reagieren müssen. Spannende Beispiele aus dem echten Leben zeigen Ihnen, wie Sie professionell und schlagfertig kontern und selbst zum **Profi der Kommunikation** werden.

ISBN: 978-1093695465

Julius Loewenstein

Mehr Bücher für Ihren persönlichen Erfolg!

GEWOHNHEITEN ÄNDERN

Wie Sie mit neuesten Methoden aus der Psychologie Ihr Mindset auf maximalen Erfolg programmieren und innere Blockaden lösen, die Sie bisher Ihre Motivation gekostet haben

„Jetzt weiß ich, wie ich es schaffen werde."

– Amazon Kunde

Wie Sie Schritt für Schritt aus schlechten Gewohnheiten ausbrechen und ohne Umwege zu Ihren Wunsch-Ergebnissen geleitet werden

Es ist höchste Zeit für Sie, Ihren inneren Schweinehund ein für alle mal zu überwinden. Schuld sind nicht Sie – es sind Ihre Gewohnheiten, die bisher davon abgehalten haben, erfolgreich zu werden. Mit den richtigen Gewohnheiten können Sie endlich Vollgas geben und in allen Lebensbereichen **durchstarten wie eine Rakete**.

ISBN: 978-1791885441

Matthias Brandt

Weitere Bücher von Kristin ...

GESETZ DER ANZIEHUNG
Affirmationen für mehr Glück

Wie Sie die Macht der Visualisierung richtig nutzen und durch einfache Annahmen die Geheimnisse der menschlichen Psychologie verstehen & anwenden

„Ein gutes Buch, um mehr über die Psychologie zu lernen und die Menschen in seinen Bann zu ziehen."

– Amazon Kunde

Das Gesetz der Anziehung wird Ihnen helfen, Ihr verstecktes Potenzial zu entfalten und auf der Überholspur des Lebens durchzustarten.

Hören Sie auf, wertvolle Lebenszeit zu verschwenden und erfahren Sie am besten jetzt sofort und noch heute, wie Sie wie ein Magnet Erfolg, Reichtum und Glück **magisch anziehen** – Sie werden keinen einfacheren und sicheren Weg finden, um endlich den lang ersehnten Erfolg in Ihr Leben zu lassen.

ISBN: 978–1694093189

Kristin Berger–Loewenstein

... und von Julius Loewenstein.

RHETORIK | SMALLTALK | SCHLAG-FERTIGKEIT | SELBSTBEWUSSTSEIN

Das Große 4 in 1 Buch!

Wie Sie die Kunst der Kommunikation, der Körpersprache und selbstbewusstes Auftreten erfolgreich meistern

„Standardwerk für erfolgreiche Kommunikation - das wohl mächtigste Buch zum Thema."

– Amazon Kunde

Das Große 4 in 1 Buch vom Bestseller-Autor Julius Loewenstein!

Dieser Klassiker umfasst die vier Dauer-Bestseller von Julius Loewenstein. In diesem Buch werden essenzielle Erfolgsstrategien gebündelt und **ungekürzt** in vollem Umfang wiedergegeben. Damit Sie das ganze Paket der Persönlichkeitsentwicklung für Ihren Erfolg aus einer Quelle beziehen und dabei kostengünstig auf wertvolles Praxis-Wissen zugreifen!

ISBN: 978-1073655007
Julius Loewenstein

Printed in Poland
by Amazon Fulfillment
Poland Sp. z o.o., Wrocław

54499123R00058